「どうしようか、これから？」

項にかかる和田の吐息だけで、篤季はもう落ち着きを無くしていた。

こうなることを覚悟していたのに、現実となるとやはり狼狽えてしまう。

illustration REIICHI HIIRO

約束の香り

Memories fragrance

剛しいら

SHIIRA GOH presents

KAIOHSHA ガッシュ文庫

イラスト★緋色れーいち

CONTENTS

★本作品の内容はすべてフィクションです。
実在の人物・地名・団体・事件などとは一切関係ありません。

朝の電車は、いつだって混んでいる。

一宮篤季《いちのみやあつき》は二年半、この満員電車に乗って高校に通っていた。そろそろその先の進路を決めないといけない時期だ。

親は大学に行かせたがっているが、篤季はあまり乗り気ではなかった。

ファッションに興味があるので、デザイン関係の学校に行きたい。けれど通っているのは男子高校だ。生まれてこの方、自分では洋服を作ったことがないから、デザインの専門学校は無理だと諦《あきら》めかけていた。

顔立ちは悪くないと、自分でも思っている。服を選ぶセンスもいいし、モデルになってもいいかなと思うくらい自惚《うぬぼ》れていた時期もあった。

だが身長が足りない。百七十センチあるかないかだ。

歌って踊れて、芝居にも挑戦出来るほどの根性があれば、タレントを目指すことも出来ただろうが、それほどの積極性もない。

どうするんだろう、これから。

そんなことを考えながら、ぼんやりと窓の外を見て、通過していく駅の名前を確認していた。

「……」

混んでいる電車だ。誰がどんな場所を触ろうと勝手だが、どうも後ろから回されている手が、おかしな部分をまさぐっているように感じる。

男だから痴漢に遭《あ》わない、なんてことはないのだ。男だって痴漢に遭う、それが正しい認識だ。

だったらこれは痴漢行為ではないのだろうか。

偶然、そこに手があったなんてものではない。どう考えてもこれは触る程度のものではない。

「んっ…」

叫ぶに叫べなかった。女の子だったら恥ずかしいから我慢するだろうが、男だって痴漢だと口にするのは恥ずかしいものだ。

相手の手をねじり上げるべきだろうが、後ろに立っているのは、どう見ても篤季より大柄な男で、逆に腕を折られそうだ。

だからといって、黙ってされるままになっているのも嫌だった。

どうしたらいいのか分からず、とりあえずバッグで男の手をさりげなく叩《たた》いた。けれど満員だから、たいした動きも出来ない。

叩いたことで、かえって相手は了解《りょうかい》したとでもとったのだろうか。急に手の動きは速くなってきて、ついには制服のズボンのファスナーを開き始めた。

「ちょっ……」

阻止しようと足掻《あが》いたが、相手はむしろそれを喜んでいるのか、しっかりと自分のほうに篤季の体を引きつけている。

興奮した男のものが、篤季のお尻に当たった。

そんな行為に全く興味がないわけではないけれど、誰でもいいというわけではない。ましてや満員電車の中、逃げられないと知っていてこんな手を使うなんて、卑劣《ひれつ》としかいいようのない相手だ。

好き放題にやらせているだけで悔《くや》しい。報復《ほうふく》するには声を上げるべきだろうが、同じ学校の生徒も乗っている。ここで騒いだことが知られたら、やはり恥ずかしい。

「失礼……」

その時、背の高い男が二人の間に無理に体をねじ込んできた。男は痴漢と篤季の間に割り込むと、そこから動かずにじっとしている。

もしかしたら気がついて、助けてくれたのかもしれない。

疑問はやがて確信に代わった。

男はさりげなく、篤季を守ろうとしている。痴漢もそれ以上手が出せずに、いつか体をずらして遠ざかっていった。

親切な男の顔は見えない。けれどスーツをきちんと着こなし、爽《さわ》やかなフレグランスを着けているのだけははっきりと分かった。

それとなくお礼を言うべきだろうか。ズボンのファスナーを元どおりにしながら、篤季は思い悩む。

次の駅は乗り換えの乗客が多い。扉が開いた途端《とたん》に、どっと乗客が降り始めた。その中には痴漢もいたし、助けてくれた男もいた。

顔だけでも見たいと思って振り向いたが、篤季に見えたのは、清潔感を漂わせた男の項だけだった。

男の項《うなじ》。

綺麗に刈り上げられた男の項を見る度《たび》に、篤季は二年前に自分を痴漢から助けてくれた男のことを思い出す。

あの後、電車に乗る度に、男の姿を探した。けれどたまたま乗り合わせていただけなのか、男の姿を見ることもなく、とてもいい香りだったフレグランスを嗅《か》ぐこともなかった。顔が見えなかったから、せめてフレグランスを頼りに男を捜そうと思ったものだ。それで様々なフレグランスを嗅いでみたが、男が着けていたものと同じ香りが分からない。記憶なんていい加減《かげん》なものだ。ましてやフレグランスなんて何も知らない高校生だった。正確に当てるなんて出来るものではないのだ。

そう思うと逆に悔しくて、篤季は必死になって勉強を始めた。

男子高校生がフレグランス、つまりは香水の研究をしているとなって、両親は最初驚いた。元々《もともと》、どちらかといえば女性的な雰囲気で、お洒落《しゃれ》に拘《こだわ》りのある篤季だ。いよいよその道に目覚めてしまったのかと、母親は特に心配したようだ。

いっそ調香師《ちょうこうし》になりたいとも思ったが、さすがにそれは反対された。調香師という職業があること自体、両親は知らない。手に職をつけたいと思うなら、それはそれでいいから、せめてもう少し就職に有利なものにしてくれと言われた。

そこで篤季は、理容師《りようし》になるべく専門学校に進んだ。最初の一年が無事に過ぎ、二年目になってから、篤季は新橋《しんばし》にある有名なバーバーで二週間前からバイトを始めていた。

「いらっしゃいませ」

篤季はにこやかに客に挨拶《あいさつ》する。すると常連客は、物珍しそうに篤季を見つめた。

「畑山《はたけやま》さん。どうしたの、新人？　珍しいね、新人入れるなんて」

篤季に直接訊《き》かずに、店主の畑山に向かって客は言った。

確かに常連客がそんな感想を口にするのも無理はない。ここ『バーバー・新橋』で働く理容師は、皆、勤続十年以上で、落ち着いた年齢の男ばかりだ。

その中で、まだあどけなさの残る篤季は、どうしても浮いて見えてしまう。

「一宮《いちのみや》と申します。まだ理容学校に通ってるので、見習いのバイトです」

篤は客が自分に注目してくれる度に、丁寧《ていねい》な挨拶をする。

「感じのいい子だね。まぁ、頑張りなさい」

常連客のほとんどは、こんな優しい声を掛けてくれた。

バイトするために、二年から学校は夜間部にした。実家から通っているから、どうしてもバイトをしないと生活出来ないわけではない。けれどお洒落をしたい篤季としては、服ぐらいは自分の稼いだお金で買いたかったのだ。

篤季の仕事は主に店の掃除《そうじ》だ。あとは電話での予約受付や、客にお茶を淹《い》れたりもする。女性の全くいない職場だから、何でもやらないといけない。

時には常連客のスーツのボタンが取れてしまったのを、縫《ぬ》いつけたりもした。コピーを頼まれることもあり、コンビニでの買い物を頼まれたりもする。

ここは働く男達にとって、憩《いこ》いの場でもあるのだ。出来るサービスがあるなら、積極的にやっていくべきだろう。頼まれ事も快く引き受けると、それだけで客達の心証《しんしょう》も違ってくる。

サラリーマンの男性は、髪型を大きく変えたりはあまりしない。特に年齢が上だと、その傾向が強かった。

その代わり定期的に髪を切りに来る。人によっては、髪を丸刈《まるが》りにしていて、週に一度は必ず来るような客もいた。

シャンプー、カット、頭皮《とうひ》マッサージ、整髪、さらに軽い肩もみが、『バーバー・新橋』の定番コースだ。それを担当した理容師が最後まですべてやる。どうしても忙しい時だけ、篤季がシャンプーやマッサージをおこなった。

大人の男達に囲まれて暮らしているが、篤季にとってはなぜか心地いい。学校の同年代の連中と付き合うより、ずっと気が楽なのだ。

「フレグランスはお使いにならないんですか?」

担当が忙しくて、代わりに最後の肩もみをしている時、篤季はふと整髪料の匂いしかしない客に訊いていた。

「ああ、香水なんてのは、若いやつらがするもんだろ」

「そんなこともないと思いますよ。最近は皆さん、よくお使いになっていらっしゃいます」

頭髪の薄くなりかけたその客のスーツからは、煙草《たばこ》の匂いがした。それと何ともいえない男性の体臭、いわゆる加齢臭《かれいしゅう》と呼ばれるものもある。

「売り場に行くだけで、鼻が曲がりそうになるよ」

客は否定的な態度を示したが、肩に触れている篤季からすると、虚勢《きょせい》を張っているような雰囲気《ふんいき》が感じられた。

本当は興味がある。けれどそんなことを訊《たず》ねられるような女性や、同僚に恵まれていないのだろう。

「よろしければ、あまり香りの強くないものからお試しになってみませんか? 別にここで販売しているとかではなくて、私の私物ですけれど」

「そんなサービスまでするようになったのかい？」

客は困惑したような顔つきになる。担当の理容師に、余計《よけい》なことをするなと叱られそうだったが、篤季はあえて薦《すす》め続けた。

「私にもお客様と同年代の父親がいます。都の職員なんですが、私の薦めたフレグランスを着けるようになってから、職場の女性には好評みたいですよ」

「ふーん……」

やはり職場での女性の対応は、多少なりとも気になっているようだ。篤季は失礼しますと言ってその場を離れると、自分のバッグの中に入っている、フレグランスのアトマイザーを取りにいった。

アトマイザーに少量ずつ入れたフレグランスは、香りが混ざらないようにチャック付きのビニール袋に入れて持ち歩いている。そんなことまでしなくてもよさそうなものだが、篤季は自分が香りを忘れないように、いつも様々なフレグランスを携帯していた。

「コロンだったら、二、三時間でほどよく消えます。あまり香りの強くないものを選びましたから」

恐らくこの客は、コロンとパルファンの違いなど、どう説明しても分からないだろう。もっとも早く香りが飛んでしまうコロンを、篤季は用意しながらそう思った。

あまり強烈すぎず、爽やかな香りが特徴のものを、篤季は客の首筋に少量つけた。

「よろしければお持ちください」

アドマイザーごと篤季は渡した。

「いいのかい？　君のなんだろ」

「私は一生使い切れないくらい、フレグランスをコレクションしてますので」

篤季はまだ愛らしさの残る童顔で、にこりと微笑んだ。

使い切れないほどのフレグランスを集めたが、一番知りたい香りがない。もしかしたらオリジナルなのだろうか。

今では、記憶も完全に怪《あや》しくなっている。

篤季は自分があの香りが何だったのか知りたくて意地になっているのか、もう一度あの男に会いたいのか分からなくなっていた。

会えたところで、何がどうなるということもない。

ただありがとうございましたと言うだけだが、言われたところであの男も、自分のした行為なんてとうに忘れているだろう。

でももし会えたら、今度は別の感謝の言葉を告げたい。

あの男に会うまでは、フレグランスなんかにたいして興味はなかった。それに自分の進む道もはっきりとは決まっていなくて、もしかしたらあのまま普通に大学に通って、まだ進路に悩みながら、篤季にとってはあまり意味のない、経済学の講義を受けていたかもしれない。

男達が身綺麗《みぎれい》になっていくのを、見ているのは好きだ。

そのために自分の知識や技術を役立てることが出来たら、それだけで幸せになれるような気がする。

自分自身の幸せ。

そんなものはまだ先だと、篤季は諦めていた。

「あっちゃん、こんなワイシャツは、俺には似合わないかなぁ」

自分の番になるのを待っている常連客は、見ていたメンズファッション雑誌のページを開き、篤季に尋ねてきた。

バイトを始めてから三カ月。季節は夏になっていた。

数年前にクールビズを政府が推奨《すいしょう》したせいで、実年世代の男達は大変だ。世界中からドブネズミスタイルなどと酷評《こくひょう》されている、グレーか紺《こん》のスーツに白ワイシャツ。それだけでは通用しなくなってきたのだから。

妻や娘達、または息子などからアドバイスを受けられる男はいい。またはショップの店員のアドバイスを、素直に聞ける柔軟《じゅうなん》さがあれば問題はないだろう。

けれど中には、そんなことで頭を悩ますなんて、恥ずかしいことだと考える男もいる。ワイシャツにネクタイさえしていれば安心出来たのに、そうもいかないとなっても、どうすればいいのか訊くことも出来ない。

そんな男達にとって、バーバーはいい場所だ。何よりも理容師は、自分と同じようなサラリーマンや会社役員の相手を毎日しているのだから。

「境《さかい》さんには、こちらの細いストライプのほうが似合いますよ。痩《や》せて見えますし、襟《えり》の白のカラーに清潔感があります」

冷たいお茶を出しながら、篤季はいつものように常連客の話し相手になった。

最初の頃は、余計なアドバイスを若造がするもんじゃないと、理容師達から叱られるかとびくびくしていた。

ところがここ『バーバー・新橋』の理容師は、みんな心が広い人達ばかりで、篤季が客にアドバイスすることを、むしろ歓迎してくれていた。

客といってもいろいろだ。話しかけられるのを嫌がって、来店から帰るまで、ほとんど話さない客もいる。かと思えば、話し相手が欲しいのかずっと話し続けている客もいた。

理容師もいろいろで、話し好きもいれば黙々と仕事だけしたがるタイプもいる。職人としての技術はあっても、接客的には難しい人間にとって、篤季のような存在が間を埋めてくれるのは助かるのだ。

「あの夏向けコロン、ちょっと評判よかったよ。キャバクラのねぇちゃんがさ、境さん、隠れたお洒落してんのねなんて、くんくん鼻寄せてきてな」

冷たいお茶を一気に煽《あお》りながら、常連客は思い出し笑いをしている。余程《よほど》そのキャバクラの夜が楽しかったのだろう。

「夏限定のものをどこも出すようになって、僕も追いつくのが大変なんですよ。期間限定って言葉に、どうしても弱くて」

「今しかないって言われたら、誰でも欲しくなるよなぁ」

「ずるいですよね」

篤季が怒ったように言うと、常連客は笑った。

その時、ドアが開いて新たな来客があった。ここは担当指名制の理容院だが、そのシステムを知らずに入ってくる客もいる。予約客ではなさそうなので、篤はいつものように、説明するために客を出迎えにいった。

「いらっしゃいませ。当店は初めてでしょうか」

ちらっとみると、クールビズも関係なく、夏だというのにスーツを着込み、きちんとネクタイをした男だった。

髪はまだ伸びているとはいえない。綺麗に刈り揃《そろ》えられた項が見えた。

背の高い男だ。しかも真正面から改めてその顔を見ると、かなりいい男だというのが分かった。

歳《とし》は三十代まではいってなさそうだ。落ち着いた雰囲気で清潔感があるから、実際の年齢より上に見られてしまう。そういうタイプだろう。

「本日はどのようになさいますか？　当店は理容師の指名制になっておりまして……」

「いや、社長、いらっしゃいますか？　永堀《ながほり》先生の秘書をしております、和田《わだ》と申しますが」

「あっ、はい、しばらくお待ちください」

永堀議員なら知っている。そして永堀が、ここの店主である畑山の客だというのも知っていた。

だがこの秘書を見るのは初めてだ。

「今、畑山は接客中です。あちらにお掛けになって、しばらくお待ちください」

和田の側《そば》を通り、畑山に知らせにいこうと思った。ほんの一瞬、和田の側を通った篤季の歩みは遅くなった。

何かがひっかかったのだ。

何だろう。何という答えも思い浮かばず、篤季は仕事中の畑山の後ろに回った。

さすがに新橋で、何年も営業を続けてきただけのことはある。畑山の仕事はいつだって完璧《かんぺき》だ。ほんの数ミリを切るだけのために、鋏《はさみ》はまるで生き物のように動いていた。

「失礼します。和田さんとおっしゃる方がみえてますけれど」

「……」

畑山の手は、その一言で止まった。

「山口《やまぐち》さん。ちょっとお待ち願えますか。すぐに戻ります」

うとうとしていた客は、それを合図にまた目を閉じた。

畑山は六十になるとは思えない、背筋をぴんっと伸ばした素晴らしい姿勢で、さっさと歩いて和田のいるウェイティングコーナーのソファに向かった。

和田は座っていたが、姿勢を崩《くず》すことなくじっとしていた。篤季はそんな和田のためにお茶を用意しにいった。

客からは見えない場所に、掃除道具や冷蔵庫、それに洗濯機が置かれている。いったんそこに引っ込んだものの、篤季はちらちらと和田を振り返った。

清潔感のある項。

見覚えがあるように感じたのは、錯覚《さっかく》だろうか。

「まさか……そんな偶然なんてありえないよ」

痴漢から助けてくれた男に、よく似ていた。あれから何年も経《た》つけれど、記憶からあの姿は今も消えていない。

たまたま似ているだけかもしれない。篤季は半信半疑《はんしんはんぎ》の思いを抱いて、お茶の入ったグラスを手にしてウェイティングコーナーに戻った。

「今夜遅くになりますが、永堀先生が東京に戻られます。営業時間外ですが、お願い出来ますでしょうか。それともなければ、ホテルに出張願えればありがたいのですが」

和田はお茶を出されると、どうもありがとうと魅力的な低音で言った。好感度の高い対応だが、それはあくまでも職業上のものだろう。

畑山は和田の申し出を受けて、こちらも職業上の穏《おだ》やかな態度で答えた。

「ああ、いいですよ。それではホテルに出向きましょう」

そういえば永堀はよく畑山をホテルに呼び寄せる。そのせいなのか、篤季はこれまで和田に会うことがなかったのだ。

さりげなく和田の後ろに回った篤季は、その体から微《かす》かに香るフレグランスの正体を突き止めようとする。

けれど着けてから数時間が過ぎてしまったせいで、すでに体臭になじんでしまっていた。朝、着けたばかりの時とは明らかに香りの質が変わっているのだ。

だったら正直に、和田にあの時の人ですかと訊ねればいいのだろうが、初対面の相手にいきなりそれは難しかった。

「永堀先生は、またしばらく東京です。今回から、私もずっと東京で同行することになりました。散髪《さんぱつ》のほうもよろしくお願いします」

和田の言葉に、篤季の胸は躍った。

この店に和田が来る。あのきっちりとした髪型だったら、少なくとも一カ月に一度は来るだろう。そうすれば和田と話すチャンスも増えるのだ。

篤季がそんなことで喜んでいるとも知らずに、和田はホテルの名前を畑山に教えていた。その時、篤季はとてもいいことを思いついた。

畑山についていけばいい。和田が本当にあの時助けてくれた男かどうかは別にして、このメンズファッション誌のモデルのような色男が、どんなものを身に着けているのか、詳しく知るチャンスでもある。

「営業時間外に無理を申しまして、いつもすみません。よろしくお願いします」

そう畑山に挨拶すると、和田は立ちあがる。そういった些細《ささい》な動作をする度に、フレグランスは微かに香る。

やはり篤季の記憶にある香りに似ていたが、確信は持てなかった。

「あの、ホテルへの出張時に、ついていってもいいですか？　あ、時給はいりません。勉強したいんです」

和田が帰り、畑山が居眠りしていた客のカットを終えて休憩している時に、篤季は思いきって訊いてみた。

「熱心だね、一宮君」

畑山はいつでも物静かに話す。その髪は歳のわりには黒々としていて、いつも一糸の乱れもなく整えられていた。

『バーバー・新橋』のユニフォームは白で、一年中半袖《はんそで》だ。中は適温で保たれているので、寒さを感じることはない。下は黒のスラックスと決まっていて、靴《くつ》も黒と決められている。

畑山ほどユニフォームの似合う男はそういないだろう。いつでもユニフォームは真っ白で、髪の毛一本、肩に落ちていることはなかった。靴は革靴で、ピカピカに磨かれ、スラックスにはしっかりと折り目がついている。

シャンプーをするので、畑山は時計もリングもしない。爪《つめ》はいつも短く刈り込まれていて、男にしては細い指先には清潔感が漂っていた。

もし目標にするような男がいるとしたら、まさに畑山だろう。

篤季は、申し出を受けようかどうしようか、悩んでいる畑山の姿を見ながら思った。理容学校から、ここ『バーバー・新橋』をバイト先として紹介してもらった。条件はたった一つ。笑顔で接客出来ること。

それは充分にクリアしていると篤季は思う。

出来るなら、理容師の資格を取得後、このままここに就職したかった。そのためには、畑山に気に入られることが重要だ。けれど畑山が自分をどう評価してくれているか、未だに篤季には分からなかった。

「図々《ずうずう》しいお願いだったでしょうか」

篤季はなかなか返事を貰《もら》えないので、つい自分から先に口にしてしまった。すると畑山は、口元を微かに吊《つ》り上げて言った。

「永堀先生は難しい御方《おかた》なのでね。ちょっと考えてしまっただけだ。どんなわがままを言われても、笑顔で対応出来るかな」

「はい……大丈夫だと思います」

本当は自信がないが、これまでどうにかやってこられた。客の中には気難しい人間もいるが、篤季は手酷《てひど》く叱られたこともない。

永堀がどんな男か知らないが、その永堀の下で働いている和田のことを、もっと詳しく知りたいのだ。そのためには、わがままな議員の相手くらい、我慢するしかない。

「それじゃあ、つれていこうか」

「ありがとうございます」

すぐに腰を九十度に折って礼をする篤季を、畑山は目を細めて見つめた。

「君は、今時珍しいほど熱心な若者だね。何か目標でもあるの？」

「いいえ、まだこれといったものはないですけど……」

「香水を薦めたり、髪型の相談にものっているが」

「あれは……すいません。出過ぎたことをしました」

いつか怒られると思っていた。篤季は即座に頭を下げたが、内心これで首になったらどうしようと冷《ひ》や汗《あせ》ものだった。

「非難しているんじゃないよ。やる気があるのはいいが、もしかしたら君は、最近話題のファッションアドバイザーのようなものになりたいのかと思ってね」

「そんなこと考えたこともありませんでした」

ファッションアドバイザーになるのなら、別の道をいくべきだ。そんな道に進みたいと思っているなら、とうに転身していないといけないだろう。

篤季にそんな気持ちはまだない。言われて初めて、そんな道もあるんだと気がついたくらいだ。

「理容師は髪を切るのが本職だ。私にもう少し欲があれば、違った営業方法もあるんだろうな。いずれは男性用のエステなども、始めたいとは思ったことがあるが、君の専門は香水だけなの？」

「はい……今は……本当は調香師になりたかったんです」

思い出の香りを捜しているうちに、いつの間にかそんなことになってしまった。

だが思い出の香りがもし見つかったとしたら、篤季はどうしたいのだろう。

和田の姿が、心を過《よ》ぎった。

本当に捜したかったのは、香りなのだろうか。もしかしたら本当に捜していたのは、和田という男だったのかもしれない。

「君のアドバイスには、時折感心するよ。私が思うのは、もしかしたら君は、理容師という仕事の枠《わく》だけで収まりたくないのじゃないかってことだ。うちは滅多《めった》に新人を雇わない。いずれ君ならとの期待もあるので、この仕事でぜひ頑張って欲しい」

そこで畑山は言葉を句切ったが、篤季にはありがたい言葉だった。

「昔は男というものは、仕事が出来ればよかった。今は時代が違う。ほどよく遊び、お酒落にも気をつかわないといけない。だが、すべての男が、自分のことに関心があるわけじゃない。誰かに教えてもらって、初めて気がつくこともあるからね」

さらに畑山は、篤季のしていることを褒《ほ》めてくれるような発言を続けた。

こんなに喋《しゃべ》る畑山は初めてだ。滅多に聞けないありがたい言葉に、篤季は頬《ほお》を染めてじっと聞き入る。

「さっ、それじゃ、出張の時に持っていくものを教えてあげよう。君の場合は、掃除をするだけだが」

畑山は優しく微笑むと、壁に掛けられた時計に目を向ける。

腕時計をしない理容師達のために、壁にはいくつか時計が掛けられていた。中にたった一つ、鏡に映った状態で、正常な時刻を示すものもある。

そんな粋《いき》な演出がしてあるのも、いかにも畑山の店らしかった。

赤坂《あかさか》のホテルに、篤季は畑山とタクシーで向かった。到着すると、ドアマンが恭《うやうや》しくタクシーのドアに手を添えて出迎える。

夏の夜は蒸《む》し暑く、戸外のプールにはまだ明かりが煌々《こうこう》と灯《とも》っていて、泳ぐ人達の嬌声《きょうせい》が微かに聞こえた。

「どうも、わざわざありがとうございます」

ロビーで二人を出迎えてくれたのは和田だった。

相変わらずスーツをきちんと着ている。館内は涼しいからそれでも大丈夫だろうが、日中の戸外でもそのままなのかと、篤季は同情した。

私服の時の畑山は、いつも黒のシャツしか着ない。今日は黒のポロシャツと、麻《あさ》のベージュのスラックスだった。

篤季はTシャツにジーンズというラフな恰好《かっこう》だったので、さすがにこれは場違いだったかなと思いながら、国会議事堂近くにあるだけに、スーツ姿の客の多いホテルのロビーを見まわした。

「えーっと、アシスタントの人かな？　受付してくれた人ですよね」

和田は初めて同行者がいたことに気がついたというように、篤季を見た。

「はい、まだ見習いの一宮です」

篤季は畑山から紹介されて、小さく頭を下げた。

「見習い？　理容学校に通ってるんですか？」

篤季に向かって、和田は穏やかな笑顔を向けた。

「はい。夜間に通ってます」

「理容師の試験って、思ったより難しいらしいね。五十％の合格率だっけ」

急に砕《くだ》けた感じになったが、篤季は緊張してしまって、何を答えたらいいのか分からない。確かに理容師の資格は受講者の半分くらいしか受からないが、そんなことまで和田が知っていることが意外だった。

「こちらです」

和田はエレベーターに二人を案内する。中に入ってドアが閉じた途端、和田の体から微かにフレグランスが香った。

やはり気になる。これは何という名前なのだろう。そしてどこのメーカーのものなのか。

篤季の知らない香りだ。

そして、あの日、さりげなく痴漢を遠ざけてくれた男の香りにそっくりだった。

「どうぞ」

部屋の前に来ると、和田は手にした鍵でドアを自ら開く。中に通されて、篤季はその部屋の広さにまず驚いた。

スイートルームとしては、特別に広いわけではない。だが篤季はホテルのスイートルームなど入ったことがなかったので、驚いてしまったのだ。

「永堀先生、畑山さんです」

「おうっ」

ソファにふんぞり返っているのは、自社党の衆議院議員、永堀一生《いっせい》だった。昔ラグビーをやっていたということだが、体はがっちりとして大きい。ホテルのバスローブは短く感じられ、前もきっちりとしまっていなかった。

髪は一切《いっさい》染めていないのか、白とグレーのグラデーションになっている。しかもくせっ毛でかなり伸びているから、篤季でさえも思わず手に鋏と櫛《くし》を握りたくなってしまうほどの乱れようだった。

「シャンプーはお済みですか？」

「ああ、ちゃちゃっとやってくれ」

和田はスイートルームのデスクに付随《ふずい》している椅子《いす》を持ってくる。その下に篤季は、畑山に教えられたとおりに、薄手のビニールシートを広げた。

「お忙しかったようですね」

永堀が座ると、畑山はその首にカットクロスを回した。そして腰に鋏や櫛を差し込んだ、ウェストポーチを巻くと、永堀の背後に回った。

櫛を入れて、絡み合った髪を解いていく。それだけでも大変そうだ。

畑山がカットをしている間に、篤季はパウダールームに置かれた椅子を使って、簡易式のシャンプー台をセットした。髪を切った後に、もう一度丁寧にシャンプーをするための準備だ。

それが済むと、もうすることはない。充電式の掃除機や、小さな箒《ほうき》とちり取りのセットを出しながら、篤季は立ったままで控えている和田に、思わず視線を向けていた。すると和田は気がついたのか、篤季を手招きする。

「よければこちらに」

和田はそれとなく手を引いて、篤季を隣室のベッドルームに誘った。

キングサイズのベッドが一つあるだけだ。篤季は自分が和田に、そういう目的で誘われたのではないのに、どきどきして赤面してしまった。

「先生はカットの間に、いろいろと話されるのでね。王様の耳はロバの耳……あの話、知ってる?」

どうして和田は、いつもこんな優しい口調で話すのだろう。篤季は和田のために、鏡の前の椅子を引いてやりながら、うっとりとその声を聞いていた。

「あの、もしよろしければ、肩でも揉《も》みましょうか。待っている間、何もすることないし。あっ、それと、王様の耳の話は知ってます。ここでもし何か聞いても、決してよそで喋るようなことはありませんから」

「ありがとう。それじゃ、お言葉に甘えるとするか」

和田は椅子に座る。篤季は背後から、そっと和田の肩に手を置いた。

学生時代に何かスポーツをやっていたのだろう。軽く触れただけでも、筋肉質の素晴らしい体をしているのが分かる。

けれどその素晴らしい体も、やはり疲労には勝てないようだ。首筋には凝《こ》りがあった。

「凝ってますね。お疲れでしょう」

「そうだね。昨日まで、永堀先生の地元にいたから」

「いつも東京にいらっしゃるんじゃないんですか?」

篤季はつい和田のことを探るように訊いてしまった。

知りたいのだ。和田のことをもっと詳しく知りたい。

そして訊いてみたい。以前、男子高校生が痴漢に遭っていたのを、助けたことはなかったかと。

「私は地元の秘書なんだ。先生の出身地、兵庫《ひょうご》の神戸《こうべ》、知ってる？」

「はい。でも行ったことはありません」

「そうか。行ったことないんだ」

和田は少しがっかりしたように言った。

「いつか、行ってみたいとは思っていますが、一人で行ってもつまらないし」

篤季はつい本音を打ち明ける。

「カノジョとかいないの？　君はもてそうだけど」

「いません。女の子には、興味ないし…」

この発言はおかしくとられるかなと、篤季は慌《あわ》てた。けれど和田はおかしな意味で捉《とら》えることはなく、悠然《ゆうぜん》と笑っていた。

「そうだな。学校とバイトじゃ大変だものな。あっ、今日は学校いいの？」

「はい、大丈夫です」

本当は一つ、大切な授業があった。それを無視しても、篤季は和田に会いたかったのだ。

「大学も神戸ですか？」

「いや、東京だよ」

「どちらに？」

「赤い門のあるところ」

篤季は押し黙る。赤い門といったら東大だ。国会議員の秘書をしている和田は、まさにエリートと呼ぶに相応《ふさわ》しい男なのだろう。

「和田さん、おいくつなんですか？」

「二十八。大人からすれば若過ぎで、若者からすればおじさんだ。一番、中途半端《ちゅうとはんぱ》な年齢だね」

「そんなことないです。僕から見たら、充分に大人です…」

「そりゃそうだろうな。君、十九？　二十歳《はたち》にはもうなった？」

「誕生日まだなので、十九です」

優しい会話をしながら、篤季は和田の体から立ち上る香りを何度も吸い込んでは確認していた。

やはり記憶にあるあの香りに、とても似ている。しかも既存の製品とは明らかに違っていた。

「今度からは、東京に住まわれるんですか？」

「ああ、そうだよ。第一秘書だった人が、県議になったからね。順番で、私もステップアップしたんだ」

「おめでとうございます。出世なさったんですね」

そこで和田は笑い出す。

何かおかしなことを言ってしまったかと、篤季は緊張した。

「君は、歳の割に大人みたいな話し方するんだな」

「よく言われます。年寄り臭いですか?」

篤季は真っ赤になりながら、和田の首筋に手を添えて優しく揉みほぐした。

そんな様子が鏡越しに見られていることに、その時、篤季は初めて気がついた。

「そんなことないよ。今は……ちゃんと話せない若者が多いから、不思議に思っただけさ。君は、いい育ちをしてるんだね」

「い、いいえ。普通です。父は、都の職員で、母は近くのスーパーでパートしています。妹はまだ中学生で……あっ、こんなこと興味ないですよね?」

何で自己紹介などしているのだろう。篤季はますます赤くなりながら、和田の項ばかり見つめていた。

「いや、別にいいよ。俺は……もう、いいよね、二人きりの時は砕けた口調で」

「全然、構いません」

「俺の両親はもういないんだ。十年前に事故で亡くなった。叔父《おじ》が、永堀先生の後援会に入っている関係で、秘書の仕事を紹介してもらったんだよ」

「……そうなんですか……」

では篤季と同じ年頃には、もう和田は一人だったのだ。きっと寂《さび》しい思いもいっぱいしただろうと、つい考えてしまう。

「政治に興味があるんですか？」

「そうだな。弁護士になろうともしてたんだけど……」

そこで和田は言い淀《よど》む。きっと叔父の期待を裏切れなかったのだ。

「君は何で理容師になりたいの？」

そこで篤季は、あの日のことを口にしようかと思ったが、思わぬ早さで畑山に呼ばれてしまった。

「一宮君」

「は、はい。失礼します」

篤季が急いで立ち去ろうとすると、和田が穏やかな笑顔で言ってくれた。

「ああ、ありがとう。とても気持ちよかった。リラックス出来たよ」

何だかドキドキしている。篤季は和田にずっと触れていた手が、特別なもののように思えていた。もっと触れていたかったのにと、残念な気がした。

永堀の髪はすっきりしている。畑山が毛先の長いブラシで、肩に乗った細かい髪を落としていた。すぐに篤季は掃除機の用意をして、永堀がそれ以上汚れないようにする。

「和田君、良かったな。可愛い子にマッサージしてもらって」

屈託なく永堀は言っている。和田はそこで頭を下げた。

「申し訳ありません。私まで、リラックスさせていただきました」

「ここのバーバーの店員は、みんなマッサージが上手《うま》い。だから贔屓《ひいき》客も多いんだろう」

褒められれば嬉《うれ》しいだけだ。掃除する篤季の手も、いつか軽やかに動いていた。

和田景太郎《けいたろう》が議員宿舎に戻ったのは、深夜近くになってからだった。ここの正規の住人である永堀は、今夜はまだホテルにいる。和田はロビーで部屋の鍵を渡した女性のことを、苦々しく思い出していた。

議員にとってスキャンダルは好ましくない。なのに永堀は、何も恐れず不倫《ふりん》をしている。しかも相手は元女優で、未だに知名度が消えていない相手だ。

地元の秘書をやっていた頃は、こんな苦労はしなかった。永堀の妻にもよくしてもらっていたので、和田としてはかなり心苦しい。いつかこれが問題になって、永堀が失脚しないかとつい心配してしまう。

議員宿舎では、永堀の東京生活が不自由でないように、秘書がすべて面倒を見ることになっている。新人である和田に、その役割が回ってきた。

大学院卒業後、難関の司法試験に合格し、法律事務所で三年間働いていた。なのに一年前に叔父が、どうしても永堀の秘書になってくれと強く薦めてきたのだ。どうやら永堀の前で、出来のいい甥《おい》の自慢をしてしまい、引っ込みがつかなくなったらしい。

しかも永堀は、重用していた秘書が県議に立候補することになって、新たな秘書を求めていた。永堀にとっては、ありがたい話だったのだろう。私設秘書だが、好条件で和田は迎え入れられた。

このまま永堀が当選し続ければ、いずれ公設秘書となり、その先には政策秘書という流れが約束されている。そしてうまくすれば、和田自身が議員にもなれるというのだ。

叔父には世話になった。両親と弟を事故で失い、茫然自失《ぼうぜんじしつ》だった時に、何かと助けてくれたのが叔父夫婦だったのだ。叔父夫婦に子供はいない。そのために和田は、新たに叔父夫婦の養子となった。

家族がすべてではなかったが、やはり失ってしまうとその大切が分かる。亡くなった三人のためにも、自分は社会に貢献《こうけん》出来る人間になろうと思った。

なのにここに来て、自分の選んだ道に迷いが生じている。

やはり弁護士になりたかった。議員となると一見華《はな》やかだが、裏ではいろいろと危ないこともしている。しかも彼らは権力志向が強く、付き合うのも骨が折れた。

永堀の今の関心は、次の組閣《そかく》で自分に大臣の椅子が回ってくるかだ。そのための根回しに必死になっているのに、その合間にしっかり不倫までしている。

なぜそこまで貪欲《どんよく》なのか、和田には理解出来ない。

「疲れたな……」

スーツを脱ぎながら、和田は誰も聞く人とてないのに、ぽつりと呟《つぶや》いた。

そして首筋に手をやる。そこを優しく揉んでくれた、篤季のことがふと脳裏《のうり》を過ぎった。

「バーバーか……そうだな。手近な癒《いや》しだ」

今夜は永堀がいないだけ、和田も少しは気が楽だ。早々に風呂に入って、寝ることにした。明日は早くからホテルに永堀を迎えに行かないといけない。しかも不倫相手を、それとなく逃がすこともしないといけないのだ。

風呂に入っていたら、携帯電話が鳴り出した。慌てて飛び出して、洗面所に置いた携帯電話を濡《ぬ》れた手で取ると、相手は永堀の妻の恭子《きょうこ》だった。

『先生は、もうお休み?』

夫のことを恭子は先生と呼ぶ。元は永堀の秘書だった恭子との関係が、その言葉ですべて表されているような気がした。

「はい、お休みになっておられます」

『そう……それでは……明日、後援会の高槻《たかつき》さんがそちらに向かったので、会える時間を何とか工面するよう伝えて』

「畏《かしこ》まりました。お伝えします」

恭子の言葉の端には、明らかに疑っている様子があった。けれど和田は気がつかないふりをして電話を切った。

何もかも中途半端だ。入浴してもすぐに出てしまっては疲れが取れず、眠ろうと思ってもすんなりと眠りは訪れない。

うとうとしているうちに、和田はいつか夢の中に引きずり込まれていた。

満員電車に乗っている。滅多に乗らない路線で、車輛にも馴染《なじ》みはない。

すると目の前にいる男子高校生が、身じろぎ始めた。どうやら誰かに何かされているらしい。

なぜかその少年が、弟の姿と被《かぶ》った。中学生だった弟も、その少年のように可愛い顔をしていたからかもしれない。

ふと、その少年に見覚えがあるような気がした。

少年を守らないといけない。咄嗟《とっさ》にそう思って、和田は男と少年の間に体を割り込ませる。すると少年の体から、はっきりと感謝の気持ちが伝わってきた。

それはきっと現実にあったことなのだろう。

けれどそこからが夢なのだ。

今度は逆に和田の手が、その少年を触っていたのだから。

痴漢を撃退《げきたい》したつもりが、自分が痴漢になっている。

これは和田の心の深奥《しんおう》にある、暗い欲望がなせるものだ。正義とかいつも口にしているけれど、和田だって本当はそんなに綺麗な人間じゃない。

痴漢が羨《うらや》ましかった。あんなふうに欲望のまま、危険も顧《かえり》みずに行動出来るのが羨ましい。和田だってこの少年に触れたかったのだ。

いつか少年は、全裸になっていた。

満員電車の筈《はず》なのに、周囲にいる人間の姿はみんな影になっている。彼らはこの世のものではないみたいで、もう気にならなくなってしまった。

そうなると、自然和田の手の動きも激しくなってくる。

少年の性器に触れた。すると少年は嫌がることもなく、じっと和田を見つめて嬉しそうに笑った。

そして少年の手が自然に伸びてきて、和田のものをこすり始めた。

ああ、見覚えがある筈だ。この少年は篤季だと和田は思った。首筋を優しく揉んでくれた手が、和田の性器を優しくこすっている。

『和田さん、やっと会えましたね』

なぜか篤季が、そんなことを口にした。

いや、違う。君は俺を待っていたりしない。

そう言おうとしたら、ふっと目が覚めた。

夢のせいなのか、それとも欲求がたまってあんな夢になったのか、どちらかは分からない。だが現実に、和田の性器は激しく興奮していた。

「まいったな……」

永堀がいない気楽さからだろう。いつもはこんな余裕もない。だからたまりにたまったものが噴き出したのだ。

和田はなぜ会ったばかりの篤季の顔が、記憶の底にある高校生と重なったんだろうと疑問に思った。

目を閉じると、起きているというのにまだ夢の続きの中にいて、和田は篤季の手によって慰められている。

「あの子は……誰にでも優しいんだろうな……」

はにかんだような笑顔が、愛らしかった。男をそんな目で見てはいけないと分かっていても、妄想《もうそう》の中では好きに弄《まさぐ》ってしまう。

『和田さん、僕がずっと側にいてあげるからね』

優しく言いながら、篤季が抱きついてくる。しっかりその体を抱き締めながら、和田は自分のものを優しくこすってくれる篤季の手を想像していた。

あんなふうに優しく肩を揉んでくれたりしたから、和田の中にずっと眠っていた隠れた欲望が目を覚ましてしまったようだ。

清潔感のある篤季の細い首筋が、脳裏に鮮やかに蘇《よみがえ》る。そこに唇を押し当てて甘く吸ったら、篤季はどんな反応を示すのだろう。

想像の中の篤季は、色っぽい表情をして身悶《みもだ》えている。そんな顔は、かなりそそられた。

「あんなところにいたら……いつか……誰かに……犯される」

またもや和田は、満員電車の中にいた。

そこでは全裸の篤季が、スーツ姿の男達に取り囲まれていた。男達の手が次々と伸びていって、篤季の体を弄り回している。

助けを求めるように、篤季は和田を見ていたが、いつか和田も男達に混じって篤季を陵《りょう》辱《じょく》していた。

篤季の悲鳴が聞こえたような気がする。けれどそれも、眠りの中に曖昧《あいまい》に融《と》け込んでしまった。

一週間ほどして、和田が散髪に訪れた。篤季は何とか話し掛けたいと思ったが、その日に限って特別な客の対応に追われていた。

「あっちゃん、俺、明日、見合いなんだよ」

四十歳を目前に控えた鈴木《すずき》という技術職の男が、情けない顔をして順番を待っている間に話し掛けてきた。

担当の理容師は、まだ先の客のカットをしていて、しばらく時間がかかりそうだ。和田と話したくても、こちらを優先するしかなさそうだ。

和田は畑山が担当することになっていて、予約した時間どおりに入れそうだった。

「なぁ、あっちゃん、やっぱりスーツは紺でいいかな」

ウェイティングコーナーに座っている和田と鈴木にお茶を出しながら、篤季はにこやかに答える。

「スーツは紺でも、ネクタイは明るめのほうがいいですよ。柄に悩むようなら、少しピンクの入ったストライプとか選べば、鈴木さん、印象がずっと明るくなりますよ」

鈴木の横には、まさに紺色のスーツ姿の和田が座っていた。そのスーツ姿は完璧で、容姿に自信のない鈴木は、和田を見ていて打ちのめされた気持ちになっているのだろう。

「俺、普段は作業服だからなぁ。スーツなんて似合わないだろうし」

ビルのメンテナンスをやっている鈴木は、篤季から見たらいい男だと思える。確かに外見はいかついし、顔立ちも特別よくはないが、責任感のある男らしい人だった。

けれどそういった男の価値を持っていても、女性に気に入られるかどうかは疑問だ。

「鈴木さん、お時間あったら、爪の手入れさせていただきます。もちろんサービスですから安心してください。女性って、清潔感を気にするみたいですよ」

常にオイルにまみれている鈴木の爪は汚れていて、そのことにも気がついていないようだった。慌てて手を見た鈴木は、少し恥ずかしそうにしている。

「それと……今日、もう少し時間があるなら、歯医者さんに行って、歯垢《しこう》取ってもらうといいですよ。白くなってピカピカになります」

篤季の言葉を、新聞を読むふりをしながら和田も聞いている。そんな気がしたので、つい篤季は張り切ってしまった。

「お相手も、お見合いだから、きっと気合いいれてお化粧してくると思うんですよ。なのに男性側がいつもと全く同じだったら、それって失礼になりませんか？」

「なるほどなぁ。そんなことまで、気がつかなかったよ。だからこの間の見合いは、失敗したかな」

和田が聞いていると知りながら、鈴木は自分の恥を語って笑った。

「よろしければ眉《まゆ》も少しカットさせてください。形のいい眉をされてるから、本当はそのままで十分なんですけど、女性は敏感ですから、カットしていると気がつくと、印象がまた変わるみたいです」

「すげぇな、感心するよ。あっちゃん、もてんだろうな、そんな可愛い顔してるし、気配りの人だからな」

「いえ……もてないですよ。男らしいとこ少ないから」

本当はよく女の子に誘われる。けれど篤季が誘いに乗らないだけだ。どうしてか篤季は、こうして自分より年上の男達に囲まれているほうが、ずっと居心地《いごこち》よく感じてしまうのだ。

「あっちゃんが女の子だったらな、真っ先に口説《くど》くんだけどよ。けど、逆に女だったら、もてまくって俺なんかの相手をしてくれないだろうな」

そんなことを言っているうちに、畑山の客が帰り支度《じたく》を始めた。畑山はスーツの上着を着せかけてやりながら、しばらく会話を続けている。その間に篤季は、和田の前に立った。

「和田様、お待たせいたしました。スーツの上着、お預かりいたします」

「ああ、ありがとう。先日は……私にまでサービスしてもらって、嬉しかったよ」

さりげない会話だ。なのに篤季の頬は、それだけで赤くなる。

どうして和田との会話だけで、こんなにも心が熱くなってしまうのだろう。

和田の背後に回って、スーツの上着を巧《たく》みに脱がせた。するとまたもや、あのコロンが漂ってくる。

「爪か……実は噛《か》む癖《くせ》があるんだ。人差し指だけ」

いきなり和田はそう言うと、右手の人差し指を見せてきた。そこだけ異様に短くなっている。

「まずはその癖、治さないといけませんね。お時間ある時、おっしゃってくだされば、いつでもマニキュアサービスします。マニキュアは女性だけのものではないですから」

和田の手にずっと触れていられるなら、ぜひこの手にマニキュアをしてあげたかった。ところが和田は清潔感を意識しているせいか、指先までが完璧に綺麗だ。これではする必要もないかもしれない。

「歴代の首相の中で、特に人気の高かったある方は、常にマニキュアをなさっていたそうです。手は、社交の入り口だと思いませんか?」

喋りすぎただろうか。けれどそれは篤季が常に考えていることだった。

「素晴らしいね。議員の先生の中にも、ぜひ君に助けて貰いたいと思うような人が、たくさんいるだろうな」

もっと和田と話していたい。けれど働き者の畑山は、トイレにだけ行くと、すぐに戻ってきて和田のカットを開始してしまった。

篤季はそのまま鈴木の元に戻って、ネイル道具を開き始めた。ここではネイルまでするスタッフはいない。新規のスタッフを何年も雇い入れていないし、畑山の中にはマニキュアサービスのためのスタッフまで、わざわざ雇い入れるつもりもなかったからだ。

篤季は鈴木の汚れた手を取り、まずヤスリで丁寧に爪を磨いていく。いつも爪など伸びたら、適当に切ればいいと思っていたような鈴木には、ヤスリで削るというのがまず驚きだったようだ。

「もしこれで見合いが上手くいったら、あっちゃんのおかげかな」

鈴木は他の客もいるので、恥ずかしそうに言ってきた。

「そういうのって縁ですから、僕のせいとかじゃないですよ。ただ……自分も真剣にその場に挑んでるって見せるのは、大切なことかなと思ってるだけで、これくらいしかお手伝い出来ずにすみません」

「いや、ありがたいよ。女のいない職場だからなぁ。こんなこと教えてくれるような人もいなかったし。うん、今回は上手くいきそうな気がする」

「そう、その自信が何より大切です」

「ついでに、コロンだっけ。あれは、どんなのがいいのかな」

それを聞かれて、篤季は思わず和田のほうに視線を向けてしまった。

和田が着けているフレグランスは完璧だ。体臭にも上手く合っているのだろう。香りばかりが主張していない。けれど本人らしい香りになっている。

「あまり香りの強くないものにしましょう。それと着けすぎないようにするのがポイントです。側に来たら、初めて分かるような、そんな上品なのがいいですね」

そこで篤季は、鈴木に似合いそうなものをイメージする。香りが主張するようなものを着けたら、それだけで浮いてしまいそうだった。

「ダビドフのクールウォーターかな。働く男の清潔感、そんなイメージにしましょう」

すぐに篤季は、自分用のメイクボックスの中から、アトマイザーに入ったものを選び出した。

「差し上げます。くれぐれも使いすぎないように。時計をなさらないほうの手首と、これ、意外かもしれませんが、おへそのあたりに一滴、あとは首筋に軽く擦り込むようにして着ければ完璧です」

「何でへそなんだ?」

「ウェストでもいいんですけど、スーツの上着を脱いだり、ボタンを外したり、動いた時にそれとなく香るんですよ。これは僕なりの発見です。上級者になれば、それこそ拘りはいっぱいあって、空中に霧のように吹きつけて、その中をさっと潜《くぐ》るなんてのもありますが、失礼ですが、鈴木さんにはちょっと……」

篤季は年上相手でも、怯《ひる》まずに意見はきちんと言う。ところがこれまでは、それで生意気と叱られることもなく、皆、素直に聞き入れてくれていた。

「着けてすぐは、トップノートといってフレグランス本来の香りが主張します。その後のミドルノートくらいが、一番安定していて、体臭と馴染んでその人らしい香りになるんです。本番一時間くらい前に、着けられるのがベストかな」

「お、おう。こんなの教えてもらったのは初めてだ」

丁寧にヤスリで爪を丸く整えた。そして爪の表面を磨いているうちに、鈴木のカットの順番がやっと回ってきた。

「お帰りの前に、ハンドマッサージいたしますので」

そう言って鈴木を送り出す。

それまでは自信がなさげだった鈴木の態度が、どこか堂々として見えるから不思議だ。きっとこの調子だったら、明日はもっとも自分らしくいられるだろう。変に萎縮《いしゅく》さえしなければ、本人の魅力が自然に出てくると、篤季は信じていた。

畑山の仕事は早かった。もう和田のカットは終わり、シェービングをしている。美容院と理容室の決定的な違いはここだ。至芸《しげい》ともいえる理容師の手によって、男達の顔は綺麗に剃《そ》られていく。

髭《ひげ》のある客はあるなりに、濃い客、薄い客、それぞれの男の顔を、理容師は巧みに仕上げていく。

剃り終えると、蒸《む》したタオルでシェービングクリームを拭《ぬぐ》い去り、客の肌に合わせたアフターシェーブローションで手入れする。畑山は、ナチュラル成分を多く含んだ高級品を、惜しげもなく使っていた。

「一宮君、マッサージ頼む」

珍しく畑山が、マッサージを篤季に頼んできた。和田の予約を無理に入れたので、次の予約客が控えているのかもしれない。その前に軽く食事をするつもりなのかなと思った。

そこで篤季は、すっきりとした和田の襟足《えりあし》を見ながら、その背後に立った。

「失礼します……」

使ったばかりのアフターシェーブローションの香りが、今はフレグランスに勝ってしまっている。そのせいで篤季の大好きなあの香りは漂ってこない。それでも和田の肩に手を載せているだけで幸せな気分になれた。

「君から見て、俺はどう？　どこかアドバイスが必要な部分ってあるかな」

「いいえ……和田さんには、どこにも隙《すき》がありません」

タオルを掛けて、肩から首筋を揉んでいく。今日はリラックスしているのか、この間のようなしつこい凝りはなかった。

「褒められたのかな？」

鏡に映った和田は笑っている。篤季も思わず鏡越しに笑顔を返していた。

「今度、アドバイスして欲しいような先生をつれてくるよ」

「永堀先生ですか？」

「いや、今は県会議員だが、次の衆議院選を狙ってる。永堀先生に師事している、若手の議員さんだ」

「僕がアドバイスしなくても、今はそういうことを専門になさっている方がいると思いますが」

「人の言うことを、素直に聞かない先生なんだ。もしかしたらと思ってるだけだよ。あんまり深刻に考えないでいいから」

「はい……」

また和田に会えるなら、どんな理由でもいい。次に髪を切りにくるまでの二週間、あるいは三週間をただ待つのが辛《つら》かった。

和田に対して勝手に膨《ふく》らんでいく想いを、篤季にはもうどうすることも出来ない。かといって告白したからといって、それで何かが変わるわけではなかった。和田は別世界の人間だ。篤季のことなど、ただの理容室のスタッフ程度にしか、思ってくれてはいないだろう。

こうして憧《あこが》れているだけで精一杯《せいいっぱい》だ。

それでも篤季は、今は満たされている。心に想う人がいるだけでも、毎日が楽しくなるものだ。叶《かな》わない片思いだとしても、何も思わず生きていくよりずっといい。

助けてくれたのは和田だと、篤季は勝手に決めている。運命が引き合わせてくれたのだ。そう信じていれば、男である和田を好きでいることに、理由も見つけられた。

マッサージは、いつもより丁寧におこなった。それでもやはり終わりの時間はくる。和田は椅子から立ちあがり、レジへと向かう。そして料金を支払い、篤季からスーツを着せかけられると、ここに来る前より、少し男ぶりを上げて出ていった。

それから一週間ほどして、本当にその議員を和田はつれてきた。

神山大悟《かみやまだいご》という三十五歳の若手県議は、確かに問題がありそうだった。髪はくせっ毛で、どうにもすっきりしていない。スーツは体に合っていなくて、センスの古さを感じさせるネクタイをしていた。

失礼な言い方だが、田舎臭《いなか》いとしか言いようがない。県議だったらそれでも気にならないのだろうが、全国区の衆議院に出ようとするなら、好感度で大きく損をしてしまうだろう。

篤季は、これはプロのアドバイザーを雇うべきだと思った。だが神山本人がそうは思っていないらしい。

「さすが永堀先生の秘書だな、和田。いいところを押さえてるじゃないか。何、ただで俺をいい男にしてくれるって？」

入ってくるなり、陽気に神山は叫んでいる。

「神山先生、ただというわけにはいきませんよ。カット代は支払っていただきますから」

「何だ、それじゃ普通の床屋と同じじゃないか」

「けれどカットが違います。見違えるようにすっきりされますから」

永堀が若手議員を集めて勉強会を開いているが、神山はそれに出席するために、地元の兵庫から出てきたのだ。その全身から、自分はただの田舎者じゃない。次は国会議員になるんだとの気迫《きはく》が満ちあふれている。

まずはいつものようにお茶を出す。すると和田が、笑顔で訊いてきた。

「一宮君、こちらの先生を見てどう思う?」

「はい……まずはスーツを、もう少しタイトな感じの、体にフィットしたものになさったらいいと思います」

「おっ、何だ、ここではファッションチェックもされるのか?」

神山は露骨《ろこつ》に嫌な顔をする。けれど篤季はめげなかった。

「ただの素人《しろうと》ですが、来年には投票権も持てます。一般の有権者の印象として、聞いていただければ幸いです」

「ああ、そう、それならぜひ聞きたいね」

途端に神山は、作り物めいた笑顔になる。

「せっかく、若々しいいいスタイルをしていらっしゃるんですから、それを強調しないのは損だと思います。スラックスはタックなしで、もう少し細身《ほそみ》にされたほうがいいのではないでしょうか。上着は肩できっちり合わせて、もうワンサイズ小さくても、十分に着こなせると思いますが」

「きついのはなぁ、嫌いなんだよ。一日、座ってること多いだろ。それにパンパンのズボンなんて穿《は》いてたら、すぐに膝が抜けちゃうよ」

確かに素直ではない。アドバイスしても、反論されるばかりでは意味がなかった。

「俺は別にタレント議員じゃないんだから、見てくれで勝負するつもりはないね。それに和田みたいに、生まれつきいい男と勝負しても、勝てないのは分かりきっている。だったら別のところからアプローチするべきだろ」

「やっぱり、誰が意見しても無駄のようですね」

そこで和田は、早々に神山へのアドバイスを諦めてしまった。けれど篤季は、いずれこの性格が災《わざわ》いして、神山は失敗するだろうと思った。自分の意見に耳を貸してくれなかったから、そう思ったのではない。誰の意見も聞かないとなったら、政治家としては致命傷《ちめいしょう》だからだ。

「神山先生、お待たせしました」

そこに畑山が現れ、椅子へと案内する。その前に篤季が上着を預かろうとしたが、神山は拒否した。

「どうせ、そんなに時間は掛からないだろうが、次のスケジュールがあるから、さっさとやってくれ」

畑山も顔には出さないが、不快感を抱いているのは確かだ。抑揚《よくよう》のない声で、どれほどお切りしますかと聞いている。

「何カ月も保つように、短めにカットしてくれよ。バーバーに行く時間もないからな」

議員ともなれば、皆忙しい。それでも清潔感を大切にするために、髪はまめに切ってい
る人が多かった。それなのにそんな言い方をする神山は、自分を殊更《ことさら》大物に見せたいだけなのではないかと思える。

そこでふと篤季は思いついた。実は神山のスーツは、誰かから譲られた物なのではないかと。上着に別のネームが入っていて、知られるのが嫌なのではないか。

政治家がすべて金持ちとは限らない。次の選挙を戦うためには、たとえ潤沢《じゅんたく》な資金があったとしても、自分のために使える額は限られている。

和田は親切心からここに誘ったのだろうが、あるいは神山はプライドを傷つけられているかもしれない。一流の男達が集うバーバーで、田舎者である自分を余計に意識してしまったのではないだろうか。

畑山は巧みにカットしていく。すると神山の印象はかなり若々しくなった。ところがそこで、神山はまた文句を口にする。

「風呂上がりにドライヤーとか、使ってる時間ないから、セットしないといけないような髪にはしないでくれ」

さすがにそれには畑山もむっとしたようだが、すぐにそれに応えた。

「手櫛《てぐし》で直るようなカットにしておりますが、寝癖《ねぐせ》だけはどうにも誤魔化《ごまか》しようがありません。少し毛に癖があるようですので、ドライヤーがお嫌いなら、朝、髪を洗われるとよろしいのでは」

「だからぁ、そんな時間がないってことなんだよ」

無理難題を言う客には慣れている畑山は、そこでまたさらに神山のカットを変えた。けれど神山が、畑山のカットの見事さに気がつくことはないだろう。

「すまない……畑山さん、気分害しただろうな」

和田は申し訳なさそうに、篤季を見て頭を下げた。

「いいえ、お客様が一番望まれるようにするのが、理容師の仕事ですから」

「……」

返事をした篤季の顔を、和田はじっと見つめている。何でいきなりそんな目で見るのだろうと思ったら、さらりと和田は口にした。

「ねぇ、休みの日に、飯《めし》でもどう?」

「えっ、ぼ、僕ですか?」

「火曜が定休日だったろう?」

「僕でいいんですか?」

「君と、ゆっくり話してみたいんだ」

何と素晴らしい誘いだろう。篤季もずっと和田と個人的に話したいと思っていたから、この誘いは何よりだった。

「月曜の夜にでも電話して」

そういうと和田は、顔写真入りの名刺をさりげなく渡してくる。そこに書かれた住所は永堀の事務所のものだった。

篤季は頭を下げると、丁寧に名刺を自分のバッグの中に仕舞《しま》い込む。何だか宝物を手に入れたみたいで、幸せだった。

初めてのデートだ。和田はそんなふうに思っていないだろうけれど、篤季にとってはデートなのだ。

何を着ていこうかと、朝からずっと迷っていた。清潔感のある格好がいいし、和田はきっとスーツだろうから、一緒にいておかしくないものがいい。

そうなるとジーンズは駄目だ。あまり流行のものもよくない。そこでベージュのコットンパンツと、アーガイル模様の入った焦《こ》げ茶のシャツにした。派手ではないが、そこそこの自己主張がある組み合わせだ。

靴はスニーカーはやめて、ローファーを合わせる。バッグも少し大人びたものにした。

今日は使っているフレグランスのことを聞こうと思う。だが電車での話をする勇気はまだない。とりあえずは気になっているフレグランスの正体を知りたい。

自分のフレグランスは、柑橘《かんきつ》系の爽やかなものにする。髪はドライヤーだけでセットして、整髪料は使わない。無香料《むこうりょう》のものでないと、フレグランスと香りが重なるのが嫌だったし、変に意識して決めすぎたヘアスタイルというのは、自分の雰囲気じゃないと思っていた。

待ち合わせは銀座だった。和光の前のよく知られた待ち合わせ場所だ。篤季は約束の時間より、きっちり十五分前に訪れた。

待っている間、人は何を考えているのだろう。

携帯を手にしている人が一番多い。けれど篤季は道行く男達のヘアスタイルを見る。もう少し手を加えれば、もっと印象がよくなるのにと思ったり、銀髪の見事な紳士を見つけると、思わず感心したりしていた。

そしてまた篤季は、新たな疑問にぶち当たる。

人はいつ、自分を美しく見せる努力を諦めるのだろうかと。

年齢は関係ない。老いてもなお、見栄《みば》えを気にする人は大勢いる。けれどそれと同じくらい、諦めてしまっている人もいた。

きっと何かのきっかけがあるのに違いない。失恋したとか、生活に疲れてしまったとか、夢を忘れてしまったなどの何かがあって、ある時から人は鏡の中の自分に微笑まなくなるのだ。

篤季は思わず背後のショーウィンドーを振り返る。芸術とも呼べるディスプレイがされているが、ガラスには戸惑う篤季の姿がぼんやりと映し出されていた。

今の自分を大切に守っていきたい。

和田とのデートだというときめきに揺れ、美しく装おうと努力する、いつまでもそんな自分でありたかった。

「いやぁ、待たせたかな?」

「えっ、いえ」

てっきり和田はスーツで来ると思っていた。ところが今日の和田は、薄手の黒のコットンセーターに、ベージュの麻のパンツという姿だった。

意識したわけでもないのに、二人が並ぶと雰囲気がよく似ている。

「スーツかと思って、ずっとスーツの人を捜してました。今日はお休みなんですか?」

「ああ、永堀先生は、北海道でゴルフなんだ。ずっと休みなしだったからね。同行しないで休み貰った」

スーツ姿もいいが、こうった服装も大人を感じて胸がときめく。篤季はしばらく和田の姿に見惚《みと》れていた。

「食事に誘ったのはいいけど、店まで予約していない。いつもは即行、店の予約も仕事のうちなんだけどね」

「せっかくの休みなんだから、ぶらぶらしてるうちに、気に入ったところに入ればいいじゃないですか」

「そうだな。何か、時間どおりに動かなくていいってのは、新鮮な感じだ」

二人はそこからゆっくりと、銀座を歩き始める。

「ステーキはどう？　宮崎牛の旨《うま》いとこがあるよ。それともフカヒレで有名な中華もあるけど」

「そんな高級なところじゃなくていいです。もっと安いとこで」

「安いところって、実はあまりよく知らないんだ。先生達に合わせてると、自然とそうなる。うーん、あまりいいことじゃないね」

和田はそこで笑った。

腕にさりげなくしている、ロレックスの時計が目を惹《ひ》いた。決して新しい物ではないのが余計に気になる。

「いい時計ですね」

「んっ、ああ……父の形見《かたみ》だ。こうしていると、一緒に生きてる感じがするんだ」

そして和田は、セーターの下に隠れていた銀色のチェーンネックレスを取り出して示す。

「これは母の形見。弟のはこれ」

続けて取り出したキーホルダーは、京都で売られている観光土産のチープなものだった。

家族を一度に失った和田の痛みを思って、篤季の心も悲しくなってくる。けれど和田はもう達観《たっかん》しているのか、むしろ爽やかに思える笑顔を浮かべていた。

BON
本日のおすすめ
ランチ(11:00~14:00)
カニコロッケと
エビフライのランチ
シチューハンバーグ
オムライス
ディナー(17:00~23:00)
岩ガキと
ウニのムニエル
季節の野菜と
若鶏のグリル
営業時間10:00~24:00

「忘れないことが、最大の供養《くよう》だと思ってるんだ」

「そのとおりだと思います。和田さんの家族って、きっと仲良かったんでしょうね」

「いる時は、家族のことなんてあまり意識しなかったな。勉強しなくちゃいけなかったし、部活も……バスケやってて、結構頑張《がんば》ってたから」

淡々と話すけれど、今はもうどこにも和田の家族はいないのだ。誰かに悩みを打ち明けたい時に、親身《しんみ》になって聞いてくれるのは友達しかいないのだと思うと、いけないと思いつつも同情してしまう。

「和田さん、ここはどうですか？　昔ながらの洋食屋さん」

「いいね。本日のランチ、蟹《かに》コロッケと海老フライか。それより俺は、シチューハンバーグがいいな」

緑色の小さな黒板に、カラフルな字で書かれたメニューが、二人を店内へと誘った。ほどよく混み合った店内に案内されると、和田は嬉しそうにメニューを見る。

「僕なんかを、誘ってくれてありがとうございます」

「なんかをってのは止めよう。君のことは、ずっと気になってた。付き合ってくれて、俺のほうが嬉しいんだ」

「そ、そうなんですか」

どうして篤季になど興味を持ってくれたのだろう。訊ねたかったけれど、すぐにスタッフが注文を訊きにやってきてしまった。

「俺はこのシチューハンバーグ、君は？」

「あ、オムライスを」

「オムライス？　いいねぇ、それも」

和田は笑っている。子供っぽく思われただろうか。けれど篤季はオムライスが好きなのだ。母にリクエストしても、あまり料理が上手ではない母が作ると、ぐちゃぐちゃのものが出てくる。

「この間は、神山先生のことで不愉快《ふゆかい》な思いさせてすまなかった」

突然和田は、頭を下げて謝ってきた。

「和田さんが謝るようなことじゃないですよ。それより……大変失礼かと思いますが、僕、実はあの神山先生のスーツ、いただき物だったんじゃないかなって思ったんです」

水を飲んでいた和田は、そこでじっと篤季を見つめる。その顔には、驚きがあった。

「議員の方々は、スーツが何着も必要でしょうから、どなたかにいただいたんではないでしょうか。だから、お若いのにデザインやサイズが合ってなかったのかもしれません」

「それは、気づかなかったな」

「僕の思い過ごしかもしれませんが、上着を脱がれなかったので」

「そういえば神山先生、飲みに行っても絶対にスーツは脱がない。そうか、ネームが違うからか」

そこで和田は篤季から視線を外し、何か考え込むような顔になった。

「もしかして俺、神山先生に対して失礼なことしたかな」

しばらくして聞こえてきたのは、弱気な声だった。

「俺ね、よく欲がないって言われるんだ。父は入れ歯に関しては、かなり有名な歯科医だったから、割と子供の頃から裕福でね。引き取られた叔父の家も、建設関係の仕事やってる資産家だ。金に困ったことがあまりない」

「……ちょっと羨ましいです」

「だからって自慢するつもりはないよ。それは俺が生み出したものじゃないから」

和田が自然に言ったことで、篤季はますます和田に対して尊敬に近い気持ちを抱く。金持ちであることしか自慢出来ないような客を、何人も見てきたからだ。

「だけど金の苦労をしてない分、苦労している人達の気持ちが分からない。それはいずれ政治家になったら、致命的な欠点になると思う」

「でも共感することが出来れば、きっと違ってきますよ」

「うん、だけど神山先生の気持ちが分からなかった。彼、裕福な支援者があまりいないから、資金面では凄《すご》く苦労してるんだ。だから好感度を上げて、有力な支持者を捕まえられればいいと思ったんだけど……」

そこにオーダーした料理が運ばれてきた。オムライスの玉子は見事な黄色で、篤季の顔に思わず笑みが広がる。

「旨そうだな。少しくれない？」

照れたように和田が言ったので、篤季はまた嬉しさが増していた。篤季の好きなものを、同じように和田がおいしく食べてくれたら、それだけで嬉しい。

「どうぞ、好きなだけ食べていいですよ」

「そんなに食べたら、君の分が足りなくなっちゃうよ」

「いいんです。またお腹空いたら、スイーツとか、ラーメンとかうどんとか、別のものが食べられるでしょ」

「それもそうだな」

また和田が笑う。それだけのことなのに、篤季の胸はどんどん熱くなっていった。

こんな和田だったら、電車で痴漢に遭っている高校生がいたら、必ず助けるだろう。あの助けてくれた人が、和田本人かなんてもうどうでもいい。あの人と似た和田に巡り会えたことで、篤季は満足していた。

「和田さん、フレグランスは何を使ってるんですか?」

オムライスの三分の一を、和田は遠慮《えんりょ》なく食べてしまった。きっと普段はオムライスなんて、食べることもないのだろう。その顔は少年に戻っている。

「すまん、ついおいしくて食べてしまった。よければこっちのも味見していいよ。それと後でまた、ラーメンでも食べよう」

オムライスの皿を篤季の前に戻しながら、和田は篤季の質問をはぐらかす。やはり訊いてはいけなかったのかと、篤季は俯《うつむ》いた。

「これね、実は昔付き合ってた女性が、調合《ちょうごう》してくれたものなんだ」

その様子を見てなのか、和田は素直に答えてくれた。

「あ、ああ。そうだったんですか。変なこと訊いてすみません。これまで嗅いだことのない香りだったから」

「いいよ、別に。彼女はフランスで調香の勉強していた。俺の雰囲気に合わせて作ってくれたらしいが、もう最後の一本になっちゃった」

それは和田が、その女性と別れたということだろうか。篤季はそれを聞いて嬉しくなってしまう。

「その人は……」

「フランス人と結婚したよ。俺は……煮え切らなかったから。もしかしたら、本気じゃなかったんじゃないかって、今は思う」

そうしてまた一人、和田は親しい人間を失ったのだ。

「何か俺の話ばっかりだな。篤季君、君のことも話してよ」

「別に話すほどのことはありません。ただフレグランスは凄く興味があって、いろいろと集めてます。和田さんの……そうか、オリジナルなんだ」

「何年かすると、香りも変わるらしいね。貰ったのは、もう五年も前だ。何本か貰ったけど、毎日着けてると自然となくなるもんだな」

フレグランスが減ると同時に、和田の中で彼女への思いも消えていったのだろう。けれど彼女は、和田がそのフレグランスを着ける度に、自分を思い出してくれることを願ったのだろうか。

「君があのバーバーで人気者なのは分かるよ」

「えっ、そんな人気者なんてことはありません」

「あるさ。疲れた男にとって、ほっとさせてくれる癒し効果がある。こうして君と話してるだけで、何か……ほっとするな」

だったらもっと和田といたい。篤季はそう言いかけたけれど、添えられたサラダを食べることで誤魔化した。

「俺ね、実はとんでもないことを考えてるんだ……」

添えられたフランスパンを、シチューにちょっと浸《ひた》して食べていた和田は、言いにくそうに語尾《ごび》を小さくしている。

「何ですか？　どんなことです？」

「うん……君に迷惑なのは分かってる。だけどね、東京に出てきてから、どうも調子悪くて……ついこんなこと考えてしまうんだよな」

なかなか本題に入らないから、篤季としては焦《じ》れったい。だが急がせるようなことは、篤季の性格上出来なかった。

だから待った。和田はしばらく躊躇《ちゅうちょ》していたが、思い詰めた様子でついに切り出した。

「よければ、俺の部屋の管理人やってくれないか？」

「管理人？　どういうことすればいいんでしょうか？」

「つまり、部屋借りるから、一緒に住まないかなと思って。ああ、別に家賃はいらないんだ。その代わり、そこにいてくれればいい。今、俺、議員宿舎の永堀先生の部屋にいるんだけど、東京でも自分の居場所が欲しくてね」

とくんと篤季の心臓が鳴る。何て素晴らしい申し出なのだろう。和田と一緒に暮らすというのだろうか。

「部屋を借りても、恐らく月のうち半分もいられないと思う。だけど帰ってきて、寒々《さむざむ》とした散らかった部屋だとめげるだろ」

そこで和田はため息を吐《つ》く。

「両親と弟が死んだ後、ずっと家で一人だったんだ。帰るの嫌でね……。その頃の嫌な記憶があるから、一人暮らしに慣れなくて、ちょっとしたトラウマかな」

「……それは……辛いでしょうね」

「だけど、君にも家族がいるんだし。無理だっていうのは分かってるんだ。君みたいにいい子を、ご両親は手放したがらないだろうな」

「い、いいえ。家は狭いから、僕が出ていけば、助かると思います。いずれ就職したら、一人暮らしするつもりでした。それに家からだと、通うのにも時間掛かるので、そのお申し出はとてもありがたいです」

飛び上がりたいほど嬉しいけれど、それではあまりにもみっともない。篤季は控えめに答えたつもりだが、声が震えた。

「そっか、だったら嬉しいな。実はね、今から部屋を見に行こうかなと思ってたんだ」

「えっ……」

「出来れば国会と、議員宿舎に近いところがいいんだけど」

「それだと家賃、高いですよ」

「いいんだ。金の心配はしなくていいよ。よかった……狭い部屋で、一人暮らしもありだろうけど、それだとストレス溜《た》まるばかりだからさ。いいなぁ、帰ったら、君がいるのか。冷蔵庫開けたら、腐った牛乳しかないなんてことはないんだな」

篤季はゆっくりと頷《うなず》く。そんな思いは絶対に和田に味わわせたくない。帰ってきたら、ほっとする空間を作ってあげたかった。

「心配しなくていいよ。君の部屋はちゃんと用意するし、プライバシーも尊重する。ただ部屋を、いつ帰っても、いかにも人が住んでるふうにしておいてくれればいいんだ」

「はい、掃除は得意です。料理も、少し勉強しようかな」

「いいね。オムライス食べたいな。俺は料理、全然駄目だ」

ふと篤季の脳裏に、二人でオムライスを食べている情景が浮かぶ。それは何だか、とても幸せなことのように思えた。

マンションの契約を済ませた。そして和田は、神戸の叔父宅に電話して、送って貰う荷物の相談をした。

リフォームはされているが、古いマンションだ。せめて家具だけは新しいものを用意したい。そう思っていたから、送って貰うものは少なかった。

電話を切ってから、和田はソファに座り、自分で決めたことなのにもう一度深くその意味を考える。

部屋を借りたかったのは本当だ。月のうち何日いられるのか分からないが、自分の居場所と一人になれる時間が欲しい。

けれどそれだけではない。

和田は篤季が欲しかったのだ。

相手が男だということは、十分に承知している。だから迂闊《うかつ》に手を出したりしないよう、自制するつもりでいた。

欲しいのはあの笑顔だ。何でも真剣な表情で聞いてくれる、あの優しさに癒されたい。

あのままでいたら、いつか誰かに攫《さら》われてしまう。バーバーを訪れる客の中には、きっとゲイの男もいる。その中には、篤季のような優しい若者が好みの男もいるだろう。

そんな男に捕まって、篤季が汚されるのはたまらない。今は純真で、人を疑うようなことも知らないだろうから、少しずつ世の中の嫌な部分も教えていって、警戒心を持たせるようにしたかった。

和田は私物の入ったバッグの中から、家族の写真を取り出す。弟を見ていて、自分は篤季に弟を重ねているのかなとも考える。

五歳離れた弟を、和田は可愛がっていた。甘えっ子のところがあったから、余計に可愛かったのかもしれない。

「だけど彼は……弟じゃない」

呟いて写真を仕舞う。

弟には決して抱かない感情、欲望というものを篤季に感じている自分が、急に恥ずかしくなってきたからだ。

和田は敷かれた布団《ふとん》の上にゴロリと横たわり、一日一緒にいた篤季のことを思い出す。優しい微笑み、丁寧で気遣いの感じられる言葉。何もかもが和田の好みだ。

「本当だな……彼が女性だったら、とうに誰かのものになってるだろう」

バーバーの客が言っていた言葉を思い出した。まさにそのとおりだ。ではどうして和田は、篤季のような女性を捜さないのかと、自問し始める。

結婚はいずれ周囲の人達で用意されることになるだろう。永堀の有力支援者の中には、和田にずっと独身でいろとそれなく言ってくる者もいる。和田が政界に出るようなら、ぜひ嫁《とつ》がせたいと思う女性がいるからだ。

それだけでなく、叔父夫婦も嬉々《きき》として和田の結婚相手を捜している。叔父夫婦にしてみれば、和田が政治家にならなくても構わないのだ。将来、自分達の事業を継いでくれればいいだけだ。それまでの間、議員秘書をやっていたというので箔《はく》が付くと思っている。

恋愛の自由はもうなかった。

和田自身、恋愛に対する夢なんてもう見なくなった。フレグランスを作ってくれた彼女が、最後の恋人だ。けれど彼女との付き合いにも、どこか真剣みは欠けていた。それを感じ取ったから、彼女は去って行ったのだろう。

篤季が男だったから、逆に和田は純粋に想うことを許されたのだ。

打算《ださん》もない、しがらみもない、ただ純粋に篤季のことを想える自由が、和田を大胆《だいたん》な行動に駆《か》り立てる。

同居を申し込んだのは、和田なりに悩んだ末の結論だ。

たとえ短い時間でも、篤季を独占したい。

店で笑顔を振りまいている篤季だが、あれは相手が客だからだ。これからは和田との関係も変わっていく。

もうただの客ではない。

友達……いや違う、保護者、それも違う。

和田はそこで、篤季を恋人にしたいんだとはっきり認めた。

自分の中に打算はあるだろうか。女性とそういう関係になったら、いろいろと難しいから男を選んだと、篤季が思ったりしないかと考える。

「考えすぎだ。彼は……きっと疑わない」

だからこそ、中途半端な気持ちではいけないと思えた。

ぼんやりと考え続けていた和田は、インターフォンの音に慌てて飛び起きた。永堀は明日まで北海道の筈だ。ゴルフの後、北海道のホテルに愛人が訪れるのは確実で、東京に楽に戻れる時間があっても帰らない。

先輩秘書かと思い、和田は何も考えずにドアを開いてしまった。

「先生は？」

そこに永堀の妻がいた。

五十代だが、国会議員の妻らしく、若々しく清楚《せいそ》な雰囲気をいつも作り上げている。けれど選挙期間中に見せる笑顔はどこにもなくて、険悪《けんあく》な顔になっていた。

「ご報告したと思いますが、北海道でゴルフです」

「そうね。だけど同行した島田先生達は、もう帰ってらっしゃるわよ」

永堀の妻は室内に入ってくると、何かあるんじゃないかと言うように、四方に目を向けた。和田はそこで慌てず、用意された嘘《うそ》を吐く。

「北海道の議員さんから、特別な問題で陳情《ちんじょう》があるとのことでしたが」

「あら、そう。だったら、そろそろ連絡が取れる時間よね。それとも特別な接待でも受けてるのかしら」

愛人といる時、永堀は決して電話に出ない。緊急事態になった時だけ、秘書は特別なサインのメールを送るように言われている。

果たしてこれは緊急事態なのだろうか。

「奥様、ホテルはもうご予約なさいましたか?」

和田は気を利《き》かせたつもりだったが、永堀の妻はソファに身を投げ出し、いきなりストッキングを脱ぎ始めた。

「暑いわね。ホテルはいいわ。今夜はここに泊まるから」

「……では何か、飲み物でもご用意します」

「冷蔵庫にミネラルウォーターくらいあるでしょ。それでいいわ。ちょっとシャワー浴びるから」

さらに永堀の妻は、そこでブラウスを脱ごうとしたので、慌てて和田は携帯電話を手にして外に飛び出していた。

いくら永堀の妻とはいえ、女性と二人きりでいて、相手が服を脱ぎ始めたらおかしな誤解をされかねない。ここは先輩秘書に助けて貰おうと思った。

外に出て、まず先輩の高橋《たかはし》を呼び出した。

「高橋さん、奥様が議員宿舎にお見えになってますが」

高橋も永堀の動向は知っている。すぐにチッと短い舌打ちが携帯電話から聞こえてきた。

「今夜は、こちらに泊まられるそうですが、こういった場合、どうすればいいでしょうか。ホテルをご用意するべきですか？」

そこでなぜか高橋は、くっくっと押し殺したような声で笑い始めた。

「何か……」

『奥様、脱ぎ出さなかったか？』

「えっ……はい、シャワーを浴びるとかおっしゃったんで、今、外にいます」

『戻って相手してやれよ。先生には言わないから』

「はっ？」

『つまりそういうことだよ。先生が浮気し始めると、奥様も負けじと乱れ出すんだ。だけど下手《へた》に男を捕まえられないから、秘書に手を出すんだよ』

和田は瞬時にその場で凍《こお》りつき、恐る恐る永堀の部屋を見上げる。そこにはカーテンの影から、そっと下の様子を見ている永堀の妻の姿があった。

「高橋さん、お願いです。助けてください」

『俺だって、奥様の相手なんてごめんだよ』

「高橋さんと二人でいれば、おかしなことにはならないでしょう?」

『二人でもいいわよくらい、平気で言いそうだけどな』

「勘弁《かんべん》してください……冗談でも、それは……きついな」

選挙カーに乗って、満面の笑みを振りまき手を振っていたのは、ついこの間のことのような気がする。そんな永堀の妻が、秘書に手を出そうとしているというのか。

実際にそういう関係になってしまった秘書も、中にはいるのかもしれない。

『和田君は、いい男だからな。奥様、ずっと前から狙ってたんじゃないの。だけど地元じゃ下手に手を出せないから、東京でのチャンスを虎視眈々《こしたんたん》と狙《ねら》ってたんだろうよ』

これが秘書の仕事だというのか。

不倫旅行の永堀の尻ぬぐいをし、その妻の欲求不満の解消を手伝えとでも言うのだろうか。

和田は激しい失望を感じて、植え込みに座り込む。

「先生にメールしたほうがいいですか？」

『ああ、一応、しておけ。それと、しゃあねぇな。今から、そっちに行ってやるよ。和田君の貞操《ていそう》の危機だからな』

「よかった……助かります……」

携帯電話を閉じると、和田は目を閉じる。

篤季の優しい笑顔が浮かんだ。すでに引っ越しを終えていたなら、すぐにでも和田は篤季のいる部屋に駆け戻っただろう。

きっと篤季は、消沈《しょうちん》した和田の様子を見て、優しく訊ねる筈だ。

どうしたの、和田さん。僕に出来ることがあったら、何でも言ってくださいと、小首を傾《かし》げる可愛いポーズで言うのだ。

今すぐにでも篤季に会いたくなっていた。けれど和田は、緊急のサインを入れて永堀にメールを打つ。

たかが女房が上京してきたくらいで、緊急メールなんて寄越《よこ》すなと、永堀から叱責《しっせき》されるかもしれない。

だが和田にしてみれば、永堀の妻と一晩過ごすことは、まさに緊急事態だった。

何もかもが薄汚れているように思える。政治の世界も、政治家の私生活も、すべてが汚く思えてきた。

そんな和田の脳裏に、畑山の手元が浮かぶ。

シャキシャキと微かな音を立てて、髪の毛を切っていく畑山の手だ。

男達の身についた、汚れを切り落としていくのだろうか。汚れだけではない。積もりに積もった、怒りや悲しみなども、切り落としていくのだ。

バーバーのカット台に座って、誰かに何もかも切り落として欲しかった。そんな時に思い浮かぶのは、やはり篤季の姿だった。

和田との同居を、両親はすんなり受け入れてくれた。同居というより留守番だと説明したのがよかったのかもしれない。それと国会議員の永堀の秘書という和田の肩書きも、両親にとっては安心出来るものだったようだ。

持っていくものはほとんどなかった。和田はデスクもベッドも用意してくれたからだ。部屋には作り付けのクロゼットはあるし、そうなると篤季が持っていくのは、専門学校関連のものとノートパソコン、それにこれだけは結構数がある着替えくらいのものだった。

明るい気持ちで家を出た。そして以前、和田と部屋を見に行ったマンションへと出向く。高層マンションの二十階、その日は晴天《せいてん》で遠くに富士山の姿がぽんやりと見えていた。

和田はいない。渡された合い鍵で部屋に入った篤季は、早速《さっそく》掃除を開始する。すると真新しいソファの前に置かれたテーブルの上に、メモが残されているのを見つけた。

「今夜は帰れそうだから、お祝いしようだって……」

メモを手にして、篤季はしみじみと喜びを噛みしめる。

「そうだ。買い物してこよう」

やはり買ったばかりの冷蔵庫を開くと、中にはミネラルウォーターしか入っていない。

「何にもないいな」

そこでメモを用意して、必要だと思えるものを早速書き出し始めた。

広々としたキッチンには、取っ手が別になっていて収納の楽な鍋のセットと、ポットがあるだけだ。和田としては、どうにかそこまでは気が回ったのだろう。だがカップやグラスは一つもない。

そんなものも二人で買いに行ければいいのだろうが、どうやら和田には本当に時間がないらしい。この間の休みは、奇跡のようなものだったのだ。

和田の部屋にも入ってみた。するとビニールが掛けられたままのベッドと、段ボールに入ったままの羽毛布団《うもう》やシーツが見つかった。

ここまでやったらいけないかなと思いつつ、篤季はベッドメイキングをする。シンプルな焦げ茶一色のシーツとカバーを掛けると、ベッドはいかにも寝心地《ねごこち》のよさそうな様子になった。

やることが山積みだ。この日のためにバイトも休んだし、今日は専門学校も休講だ。時間はたっぷりとあるから、どうにかなるだろう。

クロゼットを開くと、ガバメントケースが無造作《むぞうさ》に放り込まれている。篤季は早速開いて、中に入っているスーツを一着ずつ、ハンガーに掛けていった。

するとクロゼットの中が、微かにフレグランスの残り香で満ちていく。

篤季は目を閉じた。するとあの満員電車の情景が鮮やかに蘇ってくる。篤季を助けてくれた男が、そこにいるかのようだ。そして綺麗に刈り込まれた項が浮かび、篤季は目を開けた。

「あれは……やっぱり和田さんだ」

篤季の目線からは少し上にある項。このところいつも見慣れているから、かえって気がつかなかったのかもしれない。

どこにもないフレグランス。美しい項。

運命は篤季が探し求めていた男に、ちゃんと引き合わせてくれたのだ。

篤季はクロゼットに掛けられた和田のスーツに、そっと身を寄せる。すると和田に抱かれているような気がした。

和田が好きだった。もうこれは憧れなどというものではない。

恋だ。篤季は和田に恋している。

和田にそんな気持ちがないことくらい、篤季にも分かっている。だからこれ以上の幸福は期待していなかった。

側にいて何かしてあげられれば、それだけでいい。そして和田が笑ってくれればもっとよかった。

ベッドもソファも、真新しいのが気持ちいい。なぜならそこに和田の思い出が入り込む隙間がないからだ。これからこの家で、静かに二人だけの思い出を積み重ねていけると思うと、篤季の胸はまた熱くなった。

篤季の部屋にも、真新しいシングルのベットとデスクがあって、それもまた梱包《こんぽう》を解くことから始めた。こちらにも和田と同じシーツとカバー、それに羽毛布団が用意されていて、まるで兄弟の部屋のようになってしまった。

段ボールを畳み、ゴミをせっせと分別する。掃除機の使用説明書にざっと目を通し、早速使ってみた。

「うわーっ、吸引力が違うなぁ」

最新式の掃除機は、店にある営業用の掃除機のような威力を発揮する。楽しげにリビングの掃除をしていたら、カタッと物音がした。

驚いてスイッチを止めると、大きな袋を手にした和田が、苦労しながらドアを閉めている姿が目に入った。

「和田さん、お帰りなさい。早かったんですね」

「いや、まだ途中なんだ。すぐに戻らないといけない。何も用意してなくて、すまない。とりあえずグラスと皿と、包丁《ほうちょう》とか買ってきた。後で確認して」

和田はスーツの上着を脱いでいたが、それでも額に汗を浮かべていた。

「必要なものがあれば、後は僕が用意しますから」

「ああ、すまない。とりあえずシャツ、換えていいかな。汗だくだ」

「どうぞ、洗っておきますから」

「すまない。今夜、もし遅くなるようなら、寝ていていいよ」

「はい」

そう言われても、篤季はきっと和田が帰るまでずっと待つだろう。待つことすら、幸せに感じられた。

何だか新婚生活みたいだと思えて、篤季の頰は染まる。

「あっ、タオルあるかな」

シャツだけ脱いだ和田が、上半身裸のままで現れた。

その姿を見た途端に、篤季の中に新たな欲望が生まれたのだ。

純粋にただ好きというだけでは、もう済まなくなってきている。篤季は和田に恋するだけでなく、はっきりと欲望を感じた。

抱かれたいと思ったのだ。

「ついでにシャワー浴びたいんだけど」

「タオルなら、僕のがありますから、シャワーどうぞ」

声が震えていないか、心配になってきてしまう。意識した途端、もう和田の裸体を見つめる勇気がなくなった。けれど素晴らしい上半身は、しっかり瞼《まぶた》に焼きついている。

篤季は自分の部屋に駆け込み、ここまでタクシーで運んできた段ボールの中から、バスタオルを探す。丁寧に積み重ねられた服の底から、母が用意してくれた真新しいバスタオルがやっと見つかった。

それを手にしてバスルームに向かうと、ちょうどシャワーを終えて和田が出てきたところだった。

半裸どころではない。全裸の和田を直に見てしまったのだ。

「あ、あの、バスタオル」

慌てて篤季は視線を逸《そ》らす。

「ああ、ありがとう。新品を汚してしまってすまないな」

「いいんです。だってここにあるのは、ほとんど新品ばっかりですから。これから僕も、どんどん新品を使わせてもらいますので」

「それもそうだな」

けれどパウダールームの洗面台の前には、もうほとんど中身のなくなったフレグランスのボトルが置かれていた。

とっくに別れたというのに、まだそこに和田がかつて愛した女性の存在を示すものが残っている。

そこに篤季は、謂《い》われのない嫉妬を感じた。

和田はバスタオルで体を拭うと、体にフレグランスを振りかける。初めて直接ボトルから出た香りを嗅いで、篤季は胸を打たれた。

本当に和田の雰囲気によく合っている。爽やかなのだが、力強さもあった。さらに微妙にセクシーな香りが混ぜられているのは、彼女が和田と過ごした夜を思い出して調香したからだろうか。

「いい香りですね」

和田の裸体を見ないようにして、篤季は呟く。

「トップノーズの力強さ、だけどそれが収まると爽やかになっていって、最後はきっと和田さんの体臭に馴染んでセクシーな香りになるのかな」

「詳しいんだな。俺には、どう違うのか分からない。よければこれがなくなった後、もっとも俺に似合う香りを選んでくれ」

「はい……」

それはとても名誉なことだ。

和田の一部となっていく香りを、篤季自ら選べるというのだから。

「本当は一緒に買い物とか行きたかったんだ」

「僕もです……」

「今度、時間があったら一緒に買い物行こう。足りないもの書き出しておいて」

「もうやってます。ベッドメイキングも勝手にしちゃいました……」

和田は下半身にバスタオルを巻いただけの姿で、髭を剃り始めた。

「厄介だな。〝午後五時の影〟だったっけ」

「はい、夕方になって、また顔を出すんですよね。わざわざ剃りにくるお客様もいらっしゃいます」

「へぇーっ、凄いね」

本当に和田は驚いたようだ。そこで篤季は、つい調子に乗って喋ってしまう。

「近所の割烹《かっぽう》の旦那《だんな》さんなんです。朝は自分で剃るけど、店が開く前に必ず寄るんですよ。それだけ信頼されてるってことですよね。和田さん、よければ今度、シェイビングのモデルになってください。絶対に、顔に傷なんて作りませんから」

「それはいいけど……」

和田はそこで返事を言い淀む。すぐに篤季は謝った。

「すいません。やっぱり怖いですよね。練習、風船でやるんです。僕、ほとんど割ったことありません」

「風船？」

「シェービングクリームを風船に塗って、落としていくんですよ。ちょっとでも角度が悪いと割れるんです。畑山さんに言わせると、本物の髭は肌の奥から出てくるんだから、あんまり意味ないそうです。だけど僕、髭があまり生えないから、自分で練習すること出来なくて」

何をつまらないことを、いつまでも口にしているのだろう。篤季はそのままリビングに逃げ出した。

頬が熱い。もっと和田と話していたいけれど、これ以上裸の和田の側にいたら、何かとんでもないことをしてしまいそうだった。

和田が持ってきた袋を開く。洋式の包丁が大小二本、それに真っ白な皿が二枚と、マグカップが二個、そんなものが続々と出てくる。

二人きりの生活だと強く思わせられるのは、すべてが二個という数だった。つまり和田は、この家に客を招くつもりは一切ないということだ。

篤季と二人きりの生活を望んでいる。それがはっきり分かって、篤季の胸はもう苦しいぐらいになっている。

けれど和田は、またここを出ていく。待っている間に、何度もあの素晴らしい裸体を思い出すのだろうか。

「それじゃ行ってくるよ。何もかも任せてしまってすまない。落ち着いたら、どこかに食事にでも行こう。今度は遠慮しないで、旨いもの食おうよ」

支度を終えた和田は、キッチンの整理をしている篤季に声を掛けてくる。

「いってらっしゃい、気をつけて」

すぐに篤季は、玄関まで和田を見送りに出た。和田は靴を履《は》こうとしている。そこで篤季は、すぐにティッシュを取りに戻り、それで素早く和田の靴の汚れを拭った。

「靴は、目立たないけれど、大切なポイントですから」

シューズクリーナーを用意して、和田の靴はすべて磨いてしまおうと篤季は思う。大きな革靴だと改めて思いながら、手早く靴の輝きを取り戻した。

「はい、綺麗になりました」

揃えて玄関に並べる。和田に靴べらを渡そうとしたら、いきなり和田の手が篤季の肩に載せられた。

「……」

余計なことしましたかと言おうと思った。けれどその唇は、すぐに塞《ふさ》がれてしまった。キスされたんだと分かるのに、数秒かかった。何の心構えもなくいきなりだったからだ。

「あっ……」

唇が離れた瞬間、出てきたのは間の抜けた声だった。

「もう隠しておけないな……。このままじゃ騙《だま》してるみたいで苦しい。俺の気持ちは、つまりこういうことなんだよ」

「僕のこと……」

「そう、そういう目で見てる。だから同居を誘った。嫌なら……出ていってもいいよ。君と一緒にいたら、これ以上のひどいことをしそうだ」

和田はそのままドアを開き、篤季を見ないようにして出ていく。それ以上今は話したくないのだろう。

玄関に一人残された篤季は、しばらくそこに立ち尽くしていた。

これは望んでいた結果なのだ。和田も篤季と同じように、思っていてくれたということではないか。

喜ぶべきなのに、なかなか実感が湧《わ》いてこない。夢を見ているかのように、非現実的に

思えてしまった。

「……キス、されたんだよね……」

これまでにキスの経験は一度だけ。中学に入学したばかりの頃、三年の女子にいきなりキスされた。どうやら女の子達のゲームに、巻き込まれたらしい。

それ以後も、キスしてと誘われたことは何度かあったが、篤季自ら誘いに乗ることは一度もなかった。

不意打ちみたいな和田のキスは、そんな未熟な篤季にとって、かなりの衝撃だった。あの和田が自分を見失ってそんなことをするというのが、俄《にわか》に信じられなかったのだ。

「そうか……和田さんも、ああいうことするんだ。そうだよね、カノジョとかいたんだし、おかしなことじゃない」

ただその相手に、自分が選ばれたことが不思議な気がする。

篤季の想いがついに届いたと思うには、二人の付き合いはあまりにも短かったからだ。

のろのろとリビングに戻った篤季は、ソファに座り込みぼうっとしていた。

和田の言葉が、脳内で再生されている。

『これ以上のひどいことをしそうだ』と、和田は言っていた。

どんなことがひどいことなのだろう。

つまりセックスしたいということなのだろうか。

「そうか……そういうことか」

篤季は目を閉じて、和田の逞しい裸体を思い浮かべる。あの体に組み敷かれる場面を想像した。すると篤季のものは、自然に堅くなっていく。

「和田さん……僕は、ここを出ていかないよ」

もういない和田が、まだバスルームにいるような気がした。

「……和田さんが帰ってくるの、ずっとここで待ってるから」

いつか自然に篤季の手は、ジーンズのファスナーを下ろしていた。そして自分のものを取り出して、優しく手で扱《しご》き始める。

「僕なら……平気だ。和田さんになら、何されても……いい」

濃厚なキス、激しい愛撫、そんなものを想像して篤季の鼓動は速くなっていく。

「痛いのかな。でも、そんなの平気だ」

閉じた目の奥では、現実とはまた違うこの部屋の様子が再生されていた。

和田が篤季と並んで座っている。全裸でバスタオルもう外してしまっていた。そして濃厚なキスをしてくるが、経験のない篤季には、それがどんな感触なのか分からない。

あんな掠《かす》るようなキスとは違う筈だ。映画やドラマで見るような、舌を絡め合うような濃厚なキスになるのだろう。

そして和田は、篤季に触れるのだ。

そう、この部分に触れる。

あの大きな手で、優しく触れてくるのだろう。

「んっ……んんっ……和田さん……あっ……ああ」

いつもなら自分でするのにも後ろめたさを感じるのに、今日は違う。これは和田との関係を成就《じょうじゅ》させるための練習なのだ。

そう思えば、どこに疚《やま》しさがあるだろう。

それだけではない。今までいた狭い実家と違って、誰にも気兼《きが》ねしないでいい気楽さが、篤季を大胆にしていた。

「ああ……あっ……い、いい……和田さん……好きだよ。僕も、最初に会った頃から、好きだったんだ」

ソファに横たわり、篤季は目を閉じて激しく自分のものをこする。そうしているうちに、ついに最後の瞬間が訪れた。

「あっ、あんっ、あああっ……」

果てた後のぼうっとした頭で、何度も何度もキスされた場面を思い出した。

あれは確かに現実だった。和田は篤季にキスをしたのだ。そしてそれ以上の関係を、それとなく求めてきた。

「夢じゃない……今から、始まるんだ」

篤季は目を開け、見慣れない新居の天井《てんじょう》にじっと目を凝らす。

「だけど……いいのかな」

不安が過ぎるのを、止めることは出来ない。下半身がすっきりして落ち着いてしまった今、和田の立場というものを考えられるようになったからだ。

いつか和田が、政治という表舞台に出ていく時は、篤季も自然と身を引かねばならなくなるのだろう。

それが分かっていて、恋を始めるのだろうか。

別れが来ると知っていても、篤季はここで逃げ帰ることは出来ない。今の自分の気持ちに正直に生きるしかなかった。

永堀が舌打ちしている。この間の北海道旅行のことが、どうやら週刊誌の記事になりそうだというたれ込みがあったからだ。

そして永堀は、東京の事務所に秘書を集めて文句を言い始めた。

「何でこんなものが隠せないんだ。それがおまえらの仕事だろ」

いや、秘書の仕事は政治家のスキャンダルの尻ぬぐいじゃない。政策に関する各種資料を作成したり、後援会有力者の冠婚葬祭《かんこんそうさい》に、議員の代理として出席するようなのが仕事だ。議員がスケジュールを難なくこなせるように、移動手段を確保し、会食の席の予約を滞《とどこお》りなくやる。さらに高橋のように長い秘書は、他の議員との関係調整のために、裏でいろいろと動いたりもするのだ。

それらの仕事で叱責されるのなら、どんなに強く叱られても納得する。けれど不倫旅行がばれたからといって、叱責されるのは納得出来ない。

和田は黙って聞いていながら、実はたれ込んだのは、永堀の妻ではないかと思っている。あの夜、高橋に助けを求めた。すると途端に永堀の妻は不機嫌《ふきげん》になり、さっさとホテルに移動してしまった。翌日からの永堀の妻の行動は謎《なぞ》だ。誰も把握していない。

そんなこと議員の妻がする筈はないと誰もが思うだろうが、和田は永堀の妻ならやりかねないと思っていた。

けれどそんなことは誰にも言えない。ここは黙って叱責されているしかなかった。

「使えねぇやつらだ。高橋、すぐに裏から手を回して、記事、握りつぶせ」

命じられた高橋は、面白くなさそうな顔をしている。マスコミの対応は、裏金の処理と同じくらい面倒で、嫌な仕事だった。

今夜は早く帰りたかった。篤季との同居開始の記念すべき日だ。二人でささやかに引っ越し祝いをして、その後、和田は篤季を抱くつもりでいる。

自制しようと思っても駄目だった。篤季がさりげなく靴を拭いてくれた様子を見ていた瞬間、想いが溢《あふ》れてきてどうすることも出来なかったのだ。

あんなキスで驚くような子供でもないだろうと思っていたら、篤季は違っていた。あの反応はどう見ても、そういうことに慣れていない者がするものだ。

嫌なら帰ってもいいと言ってしまった。

そんなのは大嘘だ。新居に戻って篤季がいなかったら、和田は酷《ひど》く傷つき、落ち込むだろう。

けれど篤季にとって、和田の行動は思ってもいなかったものだ、自分が性的な対象として見られていたと知ったら、嫌になって帰ってしまうかもしれない。

部屋に灯《あか》りが灯《とも》っていたら、篤季はいるのだ。

そして篤季がいるということは、和田に新たな恋が約束されるのだ。

すぐにでも飛んで帰りたいが、今夜は高橋と共に、週刊誌の記事を握りつぶす仕事に回されそうだった。

永堀が荒々しく席を立つと、全員が言葉もなく互いを見回す。しばらくして高橋がやっと口を開いた。

「和田君、部屋借りたんだって？」

「はい」

「この間のことで、懲《こ》りたのか？」

二人にしか分からない会話だったが、和田は力なく頷いた。

「やはりプライベートは、分けたほうがいいと思いまして」

「そんなに怖かったか？　そりゃそうだろうな」

高橋はそこで苦笑する。

「衆議院解散、即時に選挙の可能性があるこの大切な時に、尻ぬぐいか……洒落にならないよな」

そこで高橋は和田に耳を寄せて、ひそひそと囁《ささや》いた。

「さっさと身の振り方を考えたほうがいいぞ。先生、次はないかもしれない」

「えっ……」

「東京に来たばかりで酷《こく》な話だが」

高橋は永堀の公設秘書だ。国が認めた議員秘書であり、和田のように永堀個人の私的な秘書ではない。

そんな立場の人間が、軽々《けいけい》に口にしていいことではなかった。

そこで慌てて和田は話題を変える。

「それよりあの雑誌の件は、どうされます?」

「ああ、俺がやる。引っ越しの片付けとかあるだろ。今夜は早く帰っていいよ」

「いいんですか?」

高橋に何か思惑《おもわく》があるように感じられた。そこで和田は素直に従うことにした。

「和田君」

仕事に戻ろうとする和田を、高橋は再度引き留めて言った。

「政治家目指すんなら、くれぐれもスキャンダルには気をつけたほうがいいよ」

「……そうですね」

「夫婦円満、いい夫を演じられないなら、いっそ独身を貫いたほうがいい」

「まだ独り身ですし、政治家になるかどうかも……分からない状態ですから」

「そうだな。だが、そろそろそういう女性が出来たんだろ？」

高橋は和田が部屋を借りたことで、誰かと同居するんだと見抜いたようだ。

「いえ、そこまではまだ」

「そうか？　必死になって、ペアカップ買ってたようだが」

「……」

いつの間に見られたのだろう。そこで和田は咄嗟に嘘を吐く。

「そんなのじゃないです。家賃もバカにならないんで、親戚《しんせき》の男の子とルームシェアすることになりまして」

「へぇ、そうなの？　和田君、金持ちだからな。もう結婚の準備かと思ったよ」

なぜか高橋の言葉には、含みがあるように感じられて仕方ない。もっともこの世界にいる人間で、含みや裏のない言葉を口にする人間なんて、ほとんどいなかったのだが。

何度か往復して買い物をする羽目になった。けれど夜になる頃には綺麗に片付き、すでにずっとここで暮らしているように、部屋は居心地のいいものになっていた。

冷蔵庫を開き、篤季は中身を確認する。玉子や牛乳、野菜ジュースなど、朝食のための用意は調《ととの》った。調味料も不足はない。すぐにサラダが作れるようにと新鮮な野菜も買い、和田の体調を考えて果物も買ってきた。

満足すると篤季は、バスルームへと向かう。汚れた状態で和田に抱かれるなんて出来ない。そこで篤季は自分なりに考えて、最高の身繕《みづくろ》いをしようと思ったのだ。

どこにそんな大胆さが隠れていたのか、自分でも意外だった。篤季は外側だけでなく、中まで綺麗になるようにしていたのだ。

誰に教えられたわけでもない。篤季なりに考えた結論だ。

むだ毛もすべてそり落とし、多分使われるだろうその部分も、中まで綺麗にしてしまった。そして全身を、香りのあまり強くないボディローションで整える。

頭髪や顔、爪を整えるまではいつもやっている。それは男の美を助けるために働く者としては、当然のことだろう。

そして今夜は、篤季を抱きたいと思ってくれた和田のために、その体を篤季なりに考えた最上の状態に仕上げたのだ。

「何かやり過ぎかな。やりたくてたまんないみたいに思われるかな」

鏡に全身を映して、篤季は自分に問いかけていた。

「だけど好きな人のために努力するのは、大切なことだよ。僕は、みんなにそうアドバイスしてる」

ふと篤季は、鈴木が浮かれた様子で来店した様子を思い出した。どうやら見合いは成功し、次の約束がされたようだ。

相手の女性は綺麗にネイルをしていて、鈴木の手元にも目がいったらしい。ごつい手だが、きちんと手入れをしている。清潔感があっていいと、その女性は言ったそうだ。

手だけでも誠意を示せる。

だったら篤季はこの場で、全身で和田に対する誠意を示したかった。

バスタイムは思ったより長くなった。最後に、今一番お気に入りのフレグランスを、ふわっと中空に吹きつけると、その下に立ってフレグランスの洗礼《せんれい》を受けた。

「よしっ、完璧だ」

真新しい下着と、真新しいパジャマを前にして、篤季は着替えるのをしばし躊躇《ためら》う。もう少し裸でいたいような気がしたのだ。

「このまま、和田さんのベッドに忍び込んでいようかな」

それは素晴らしい思いつきのような気がする。けれどあまりやり過ぎると、呆《あき》れられるような気もした。

「どうせまだ帰ってこないだろ。そうだ。試すだけでも試してみようかな」

和田のベッドに、自分の香りを着けてしまう。そこに篤季は、自分の独占欲を強く感じた。和田の体に、これまで使っていたフレグランスと違う香りを残したい。昔のカノジョの香りではなく、篤季の選んだ香りを和田に着けてしまいたいのだ。

いそいそと篤季は和田の部屋に入った。そしてベッドに全裸のまま飛び込む。

裸でいるだけで、何だか特別なことをしている感じがした。ベッドは眠るための場所から、一気に特別な場所へと転じたのだ。

和田のベッドは大きい。そこに篤季は、和田が最初からこういったことを目的に購入したのだという深い意図を感じる。ただ眠るだけなら、いくら和田が長身でも、こんなキングサイズのベッドは必要ないだろう。

招かれたのは自分だという幸福感に包まれて、篤季は枕《まくら》を抱えて思わず唇を押し当てていた。

「何でこんなに嬉しいんだろう……」

篤季は呟き、少し醒《さ》めた気持ちになる。

別れを約束されている恋だというのに、今だけ幸せならそれでいいのかと自分を問い詰めたかった。

けれど辛いことは、今は考えたくない。思っていたより早く破局は訪れるかもしれないし、その逆に二人の関係がずっと続く可能性だってまだあるのだから。

篤季は目を閉じ、またあの満員電車の場面を脳裏に蘇らせる。

あれはきっと、こうなる運命のスタートだったのだ。

和田の綺麗な項が見えた。そこに触れたいと、あの時すでに思っていた筈だ。だからずっと捜していた。そしてやっと見つけたのだから、ここで未来を不安に思うより、後悔のない途《みち》を選びたかった。

かたんと音がしたような気がした。

篤季は目を開き、さらに耳を澄ませる。

「えっ……まさか、もう帰ったのかな」

次々とドアを開いている音が聞こえ始めた。和田はきっと篤季の姿を捜しているのだろう。もしここに篤季がもういなかったら、拒絶されたと思ってしまう筈だ。

けれどすぐに出ていくことが出来ない。

何しろ裸だ。しかも和田のベッドに入っている。いっそ見つけてくれればいいと思っても、和田はなかなかこの部屋まで入って来ない。まさかここにいるとは思ってもいないようだ。

その時、篤季の携帯が鳴り出した。

「やばっ!」

連絡が入るかもしれないと、忘れずに持ち込んでいた携帯は、ベッドの上に投げ出したままだ。それが和田からの着信を知らせるメロディで、けたたましく鳴っている。

和田は着信音に気がついて、ついに部屋に入ってきた。

「こんなところに隠れてたのか……帰ったのかと思ったよ」

ベッドに近づいてきた和田は、そっと羽毛布団を引き剝《は》がす。それと同時に、息を呑《の》むのが伝わってきた。

「ご、ごめんなさい。やり過ぎました」

篤季は真っ赤になって、和田の手から羽毛布団を奪い取り、体を隠した。

「まさかこんなに早く帰ってくると思わなくて……」

「それで……どうするつもりだったんだ?」

「ど、どうするって……な、何も、ただ、その……」

しどろもどろになった篤季の顔は、みるみる赤くなっていく。

和田は笑っている。それは笑いたくもなるだろう。帰ってきていきなり隠れん坊の相手をさせられたと思ったら、篤季のほうはすでに用意を整えてベッドに隠れていたのだから。

「実家に帰ったのかと思ってた」

またもや和田は、羽毛布団を剥がしにかかる。もはや篤季のほうも抵抗する気はなく、横を向いてじっとしていた。

「部屋が綺麗に片付いてる。何だかここにもう何年も住んでるような気がしたよ。ありがとう」

そのまま和田は顔を近づけてきて、背中を向けたままの篤季の項に、優しくキスをしてきた。

「可愛い真似をして……嬉しくて、どうしたらいいか分からないくらい舞い上がってる。嫌なこともあったけど、みんなどこかに吹っ飛んだ。篤季……これからは、君のこと、そう呼んでもいいかな?」

「はい……」

和田はそのままスーツも脱がずにベッドに入ってきて、篤季の体を後ろからしっかりと抱き締めた。

「どうしようか、これから?」

項にかかる和田の吐息だけで、篤季はもう落ち着きをなくしていた。こうなることを覚悟していたのに、現実となるとやはり狼狽《うろた》えてしまう。

「どうしようって……」

「これ以上待たせるのは失礼だよね」

「い、いいんです。僕が勝手に舞い上がっていただけですから」

「シャンパン買ってきた。それと……篤季が好きかなと思ってケーキも。甘いもの好きだったよね?」

「……は、はい……」

和田なりに今夜の演出を考えていたのだろう。なのに篤季が先走ったことで、せっかくの計画を台なしにしてしまったようだ。

何てバカな真似をしたのだろうと、篤季はますます顔を俯ける。すると顕《あら》わになった項に、和田の舌先が感じられた。

「いい匂いがする。篤季の好きな香水?」

「ま、まだ着けたばかりで、フレグランスが自己主張の真っ最中です」

「そうか、自己主張の真っ最中か」

もそもそと動く気配が感じられた。どうやら和田は、横たわった不自然な姿で、スーツを脱ぎ始めたようだ。

「篤季も自己主張の真っ最中だな。綺麗な体だ。しかもつるつるしてるし、いい匂いがしていて……」

和田は篤季の体を撫で回しながら、器用にスーツの上着を脱いだ。しばらく手が離れたと思ったら、今度はネクタイを引き抜き、シャツのボタンに手を伸ばしているらしい。

「和田さんは……僕でいいんですか?」

思わずまたつまらないことを聞いてしまった。けれど和田は怒ることもなく、今度は篤季の背中にキスしてくる。

「急いだのは俺だよ。篤季を誰かに攫われるんじゃないかって、心配でたまらなかった。だけどもうそんな心配はいらないだろ?」

「誰も、僕なんかを攫いに来ません」

「自分の価値に気がついてないんだな。そういうところも純真に思えて好きだけどね。バーバーの客は男がほとんどだ。そんな中に篤季を好きになる男がいないって、保証はないからな」

「そんなこと……考えたこともありませんでした」

けれど和田は考えていた。そして怯《おび》えたのだ。

「どうしてこっち見ないんだ？　恥ずかしい？」

「んっ……だって……どんな顔したらいいのか、分からないんだもの」

「そのままの顔でいいじゃないか」

和田はベッドに座っている。どうやらズボンを脱いでいるらしい。

男が服を脱ぐ様子は、誰でも簡単に想像がつく。篤季は背を向けたまま、和田が裸になっていく様子を想像していた。

微かにあのフレグランスが香った。午後にこの部屋に寄って、新たに振りかけたフレグランスは、もうほとんど残り香になっている。そこに和田の体臭が混じって、予想したとおりセクシーな香りになっていた。

「礼儀として、シャワー浴びるべきかな」

「ううん……そのままで。和田さんの体臭、好きです」

言ってしまってから、いつでも後悔する。けれどそれは篤季の本音だった。

「嬉しいことばかり言ってくれるよな」

和田は強引に篤季を自分のほうに向かせる。その体はすでに裸になっていた。

「まだ元気じゃないね。本当はその気がないんじゃないか？」

篤季の目をじっと見つめながら、和田は心配そうに訊いてくる。

「いいえ、何もかも夢みたいで、現実感がないんです」

「それじゃ、現実感をいやってほど味わわせてあげないとな」

和田は情熱的なキスをしてくる。篤季が想像していたとおりの、肉感的なキスだった。

篤季は目を閉じ、和田の体におどおどと触れる。ああ、これが本物の和田だ。力強く、逞《たくま》しい、本物の男の体だと思った。

「こんなことをしたかったんだ。軽蔑《けいべつ》する？」

篤季の胸に手を置いて、優しく乳首をまさぐりながら和田は訊いてくる。

「いいえ、僕もずっと憧れていたから……。でも、他の人としたかったわけじゃないんです。和田さんだから……」

「分かってるよ……篤季の体、いい匂いがする。俺のために綺麗にしてくれたんだね」

恥ずかしさでいっぱいになりながら、篤季はこくんと頷いた。

次の瞬間、和田の手はそろそろと篤季の性器に伸びてきて、確かめるように指先が性器に触れてきた。

恥ずかしさで篤季は体を堅くする。それを知って和田は笑った。

「あんまりこういうこと、経験ないみたいだね」

「辛かったら、いつでもそう言ってくれ。無理することはない。いくらでも気持ちよく終える方法はあるんだから」

再び和田は、篤季の顔を捉えて激しいキスをする。舌と舌を絡める本格的なキスの合間に、和田の手は少し乱暴に篤季の性器をまさぐり出した。

そして十分に興奮していると知ると、今度は指で後ろの部分を確かめ始める。

「あ……」

羞恥心《しゅうちしん》から篤季は、目を閉じてしまった。だから和田がどんな顔をして、そんなことをしているのか見ることは出来ない。

「痛くないように、ちゃんとオイル使うから、安心して力抜いて」

「えっ？」

いつの間にそんなものまで用意していたのだろう。和田がそこまで篤季とのセックスを意識していたことが、大きな驚きだ。

篤季を苦しめたくないという和田の思いやりだろうが、そのために和田に恥ずかしい思いをいろいろとさせてしまったんだろうと、篤季は微かな声で呟いた。

「は……はい」

「僕のために、用意してくれたんですか？」

「そうだよ。だけどおかしなものじゃない。ベビーオイルだ」

篤季はふっと笑った。恥ずかしそうにベビーオイルを買っている和田の姿は、きっと父親初心者に見えただろうと思ったからだ。

「無香料のものを買ってきた。篤季は匂いに敏感だから……嫌いな匂いだと、嫌だと思ったから」

「ありがとう」

篤季はうっすらと目を開き、思いやり深い恋人の姿を見た。

和田は篤季から離れて、ベビーオイルを手にするためにサイドテーブルの引き出しを開けている。背中が見え、その先に美しい項があった。

あの項に触れたい、そう思ったけれど篤季は、再び和田と抱き合うまでじっと待つ。和田はベビーオイルとコンドームを用意しながら、何度か深呼吸をしていた。

和田にもきっと、まだ迷いがあるのだ。けれど迷いながらも、二人は先に進まずにはいられない。

「怖がらなくていいから」

そういって篤季を励ましながら、和田は手にしたオイルを満遍《まんべん》なく篤季のその部分に塗り込め始めた。

生真面目な和田は、篤季を苦しませないために勉強したのだろう。その思いに応えるためにも、篤季は全身の力を抜いて、されるままになっていた。

篤季が十分にオイルまみれになったと知ると、和田は篤季の体に唇を押し当て、優しく吸い始める。

「あっ……」

和田に吸われた場所に、甘い痺《しび》れが走る。篤季の全身を、丁寧に和田は舐《な》めたり吸ったりしていった。そして最後に、性器の先端に優しくキスをしてくれた。

そんなことまでしなくていい。自分の欲望に忠実に、思いを遂げてくれと篤季は願う。すると和田にその思いは通じたのか、ゆっくりと足が開かれ、和田は篤季の体を持ち上げて、背中に枕を挟み込んだ。

「これで少しは楽になるよ」

そして和田は、篤季の中に入ろうと試みる。予想された痛みが襲ってきたが、篤季は耐えてじっとしていた。

和田が動き出すと、篤季の体内深くに屹立《きつりつ》したものがより深く侵入していくのが感じられる。

「んっ……」

篤季が身じろぎすると、和田の動きはより静かになった。

もっと和田を喜ばせたい。そのためには痛みを感じていないふりをしなければいけないと思ったが、つい顔をしかめてしまう。すると和田は、その度に動きを弛《ゆる》めていたが、それも段々と少なくなってきて、動きが自然と速くなってきた。

「うっ……ううっ」

「辛いか?」

「い、いいえ……」

「少しの間だけ、俺のために我慢して」

「へ、平気です」

とても気持ちいいところまではいかない。けれど和田が篤季の体の中で喜んでいてくれると思うと、それだけで満たされた。

入り口の痺れたような感じが強まる。篤季がまたもや顔をしかめると、和田はしばらくの間自分の動きを止めて、篤季のものを手にしてこすり出した。

「あっ……」

「篤季が感じると、俺も感じる。我慢しないで、どんどん気持ちよくなってくれ」

「あ、ああ……」

見られていると思うと恥ずかしいが、和田の手によってこすられているだけで、自然と篤季の興奮も高まってくる。

「んっ、んっ……」

思わず体がうねり始めた。すると再び和田の動きが始まる。二人は約束したように、互いのリズムを合わせて動き始めていた。

「篤季……あ、篤季」

和田は何度も篤季の名を呼んだ。篤季は答える代わりに、しっかりと和田の体を抱き締める。

そして項に触れた。

キスを誘っていると勘違いしたのか、和田はそのまま顔を下げてきて、篤季にキスをする。その間もずっと篤季は、和田の項に触れていた。

「ずっと……こうしていたいな」

唇が離れた瞬間、和田は呟く。

篤季だって同じ思いだけれど、この関係がずっと続くかどうかは確信がない。

和田の動きが突然激しくなってきた。終わりが近付いてきたのだろうか。それとも何か溢れるような気持ちに、突き動かされたのかもしれない。

「んっ、んんっ」

「一緒に、いこう……」

「あっ」

求められたからでなく、篤季ももう限界に近付いていた。

和田は自分の動きに合わせながら、篤季のものをこすり続ける。するとついに篤季のものから、喜びの印《しるし》が飛び散った。

「あっ、ああ……あっ」

篤季がいった瞬間、和田がほっとしたのが感じられた。そのまま和田は、勢いよく動き続ける。

穏やかで、静かなセックス。最初の交わりは、二人にとって素晴らしいものになった。

とても幸せな朝だった。篤季はまだ寝ている和田を起こさないようにして、そっとベッドを抜け出す。そして珈琲《コーヒー》を淹れるためにポットで湯を沸《わ》かし、その間に素早くシャワーを浴びた。

髪を洗い、乾かそうと思ったが、手が止まる。ドライヤーの音で、和田を起こしたくなかったのだ。

そうなると自然に乾くのを待つしかない。もう少しふわっとさせたいと思ったが、実はその程度の違いを、他人はあまり気にしないのではないだろうかと、自分を納得させてしまった。

「今日は、これでいいや」

店に行けば着替えることになるから、アンダーシャツの準備だけしておく。今夜は学校があるから、帰りは遅くなってしまうだろう。それまでに和田は帰るだろうかなどと、ついいろいろと考えてしまう。

実技の授業は大丈夫だろうが、このままでは講義の時間に居眠りしてしまうかもしれない。和田に抱かれて眠るのは幸せだったけれど、やはり初めてのことで緊張して、熟睡《じゅくすい》出来なかったのだ。

身支度を終えると、また朝食の準備に戻った。

最新式の食器洗浄機《せんじょうき》は、二人のささやかなパーティの始末を完璧にしてくれた。汚れ一つない皿やフォークを見つめていたら、寝室から和田が顔を出す。

「危なかったたな。寝過ごすところだった。あんまり気持ちよくて、熟睡したみたいだ。頭がすっきりしてる」

どうやら逆に和田は、熟睡出来たようだ。それを聞いて篤季は安心した。

「珈琲淹れてますから、その間にシャワーどうぞ」

「ああ、じゃあ遠慮なく甘えるよ」

まだ裸のままの和田は、勢いよくバスルームへと飛び込んでいった。

その間に篤季は珈琲を淹れ終え、慣れない手つきで目玉焼きを作る。料理まで完璧に出来ないのは、実家住まいだったのでしょうがない。

夕食はほとんど別々になりそうだから、今のところは朝食さえ完璧に出来ればそれでよかった。母に教わった目玉焼きは、どうにかぐしゃぐしゃにならずにすんだ。皿に目玉焼きを載せ、横にトマトとレタスを添える。

「何とか出来た」

すぐに篤季は和田の部屋に戻り、昨日洗っておいたワイシャツと靴下、それに下着を揃《そろ》えてベッドの上に並べておいた。

その瞬間、ああ、二人で暮らしているんだとしみじみ思う。

もし関係が進んでいなかったら、こんなことをするのにも戸惑《とまど》いが生まれただろう。やり過ぎてはいけないと思った筈だ。

けれど今は遠慮なくやれる。和田も許してくれる、いや、喜んでくれると確信していた。

「シェービングのモデル、また今度にしてくれ。駄目だ、時間がないや」

和田は電気シェーバーの音をさせながら、すまなそうに叫んでいる。

「気にしないで。お店でスタッフの人に、練習台になって貰えますから」

理容師の試験には、シェービングの実技試験があるのだ。合格率は半分とか言われているが、篤季には自信がある。あの畑山に実践の場で教えられているのに、落ちるなんて不名誉なことにはなりたくない。

「えーっ、試験はいつだって?」

「まだ先です。来年の春だから」

そう、ずっと先だ。けれどそれまで和田との関係が続いているのか、篤季はまたもや不安になってくる。

「おっ、服が揃えてある。篤季、無理しなくていいよ。自分でやることには慣れてるんだから」

「や、やりたくてやってるんですから、気にしないで」

和田のほうがずっと一人暮らしは長い。本当は何でも自分で出来てしまうのだろう。篤季のすることは、歯痒《はがゆ》く思われないだろうか。

けれどそんな心配は無用だった。シャツとズボンを着ただけの姿で現れた和田は、ダイニングテーブルに置かれた朝食を見て、満面の笑みを浮かべる。

「ありがとう、こんな朝食が家で食べられるなんて久しぶりだ」

「神戸では、もっとおいしいもの食べてたんでしょ」

「養子にはなったけど、叔父さんの家にはそんなにいなかったよ。すぐに大学入学で上京したし、卒業しても一人暮らししてたから」

「そうなんだ」

すぐに椅子に座った和田は、二人分のカップに珈琲を注ぎながら、まだ笑い続けている。

「何かハイテンションだなぁ。こんな気分が一日続けばいいんだけど。篤季は仕事してて、気疲れとかしないか？」

「先輩達のテクニックを盗み見て、勉強することが多いですから。あ、それって気疲れすることなのかな。でも今は、夢中なだけです」

「夢中か……俺は、篤季に夢中になりそうだ」

何もこんな時に言わなくてもいいのにと、篤季は真っ赤になりながら、意味もなく珈琲をかき回す。

「ここ十年近く、ずっと一人でいたからね。誰かと暮らすなんて絶対に無理だと思ってた。なのに、どうしてかな、篤季といると心地いい。それは君の天性の才能なんだろうか」

「あ、相性《あいしょう》の問題じゃないですか？　自分と似たようなタイプの人だったら、きっと息苦しく感じますよ」

「そうだな。相性か」

和田は頷き、おいしそうに目玉焼きを食べ、トーストを囓る。その幸せそうな顔を見ていたら、これからも出来るだけおいしい朝食を作ろうと思えてきた。

「ねぇ、和田さん。何年か前に、電車で痴漢に遭ってる高校生を助けませんでしたか？」

今なら訊ける。この自然な雰囲気の中なら、和田も答えやすいと思った。

けれど和田はその話をした途端に、僅《わず》かだが眉を曇《くも》らせた。

「もう覚えてないですか？　それともあれ、やっぱり和田さんじゃなかったのかな。僕、高校生の時、男なのに痴漢に遭ったんです。そしたら助けてくれた人がいて……」

篤季は珈琲を啜《すす》りながら、遠く過ぎてしまった日に想いを馳《は》せる。

「お礼が言いたかったんだけど、顔も見えなかったから、僕、フレグランスだけを頼りにしばらく捜してたんです。綺麗な項といい、背の高いスーツ姿といい、最初に和田さん見た時にその人じゃないかって思ってしまって」

「……そういえばそんなことあったかもしれない。何か弟と姿が被って、高校生を助けたような記憶はあるけど」

「それ、きっと僕ですよ。西武池袋線です。だけど和田さん、そんな電車、滅多に乗らないでしょ。だから会えなかったんですね」

何度も和田じゃないかと思った。篤季はやはり正解だったんだと、小躍りしたくなるほど嬉しくなる。

「あの時は、助けていただいてありがとうございました」

「何だよ、今頃」

「だけど、あれからフレグランスのことを勉強するようになって、それから理容の途《みち》に進もうと思うようになったんです」

やっと言えたのだ。ずっと心に秘めていた想いを告げることが出来て、篤季は盛り上がりたいのだが、和田の反応はあまりぱっとしない。

「すいません、一人で盛り上がって」

「いや……俺は、君を助けたけど、あの後、夢の中で君を何度も犯した。俺、本当はあの痴漢が羨ましかったのかもしれない」

和田からの思ってもいなかった告白に、篤季は驚く。この清廉潔白《せいれんけっぱく》を貫いているような和田にも、そんな欲望が隠れていたことが意外だった。

「何で篤季をこの家に呼んだのか……これではっきりした。そうだ、俺は、篤季みたいな男を抱きたいって気持ちが、ずっとあったんだ。なのに、心の奥に隠してた。俺だって、痴漢になれるもんならなりたかったんだよ」

「わ、和田さん」

「篤季に出会えなかったら、俺は、どこかで暴走していたかもしれない。お礼を言うのは、俺のほうだ」

何だかおかしな話になってしまった。けれど和田が本心を曝《さら》してくれたことで、篤季は嬉しくなっている。

「僕、あの時からずっと、和田さんに恋していたんだと思います。本気で何年も捜しました。お礼を言いたいっていうのは口実で、僕は……僕は、こんなふうな関係になりたかったんです」

不覚にも涙が零《こぼ》れてしまって、和田を慌てさせてしまった。

「分かったから、泣かなくてもいいよ。篤季の気持ちは分かった。俺達、こうなる運命だったんだから、もっと素直に喜ぼう。俺も思いが叶って、今凄くいい気分なんだ。最高の恋人を手に入れたと思ってる」

どうして二人の間には、テーブルがあるのだろう。こんなもの蹴倒《けたお》して和田に抱きつきたかったが、それも出来ない。

ところが和田のほうが席を立ち、篤季の側に近づいてきた。そして篤季の髪に優しく触れて、笑顔で想いを告げてきた。

「大切にするよ。これからもずっと一緒にいられるよう努力すると約束する」

「和田さん……」

篤季も立ち上がり、和田の胸に抱きついていた。

「これからも篤季は、男達を綺麗にしていくんだろうな。俺は、心まで綺麗にしてもらった。ずっと篤季に想い続けられるような男になりたい」

「そういうところが、和田さんらしくて好きです」

何て幸せな朝だろう。篤季は和田の肩に頭を載せて、幸福に酔い痴れた。

店に入ったら、篤季の仕事はまず掃除だ。昨夜、閉店後にも掃除はしていくが、畑山は髪の毛一本落ちているのを許さない。さらにシャンプー台の汚れや、トイレの汚れも決して許さなかった。

せっせとシャンプー台を乾いたタオルで磨いていたら、畑山が出勤してきた。

「一宮君、何だ、その頭は?」

いきなり怒ったように言われて、篤季の手は止まる。

「君らしくない。若者だから夜遊びはするなとまでは言わないが、どんなに時間がなくても、ヘアスタイルに手を抜くんじゃない。そこに座りなさい」

いきなり客用の椅子に座らせた篤季は、鏡越しにむっとした畑山の顔を見てしまう。これはかなり不機嫌のようだ。

すぐに畑山は整髪料を手にし、篤季の髪に馴染ませると、ドライヤーを使ってセットを始める。

「いいかね。私達はここではモデルなんだ。どんな髪型にしようか迷って来店された方は、必ずスタッフの髪型に目を止める。そしてあんなカットにしてくれとか、あの色に染めたいとかリクエストされるものなんだよ」

「は、はい、すみませんでした、寝坊して」

篤季は思わず嘘を吐く。和田に対する気遣いもあったし、食事の後片付けをしていたら、ヘアセットまでしている時間が本当になくなってしまったのだ。

「うちのスタッフは、それぞれ違った髪型にしている。顔立ちや雰囲気に合わせているのもあるが、皆、意識してモデルになっている部分もあるんだ。君はうちでは一番若い。若いお客様は少ないが、それでも君を見て考える人もいる」

「ほ、本当にすみません。そんなことまで考えていませんでした」

畑山は手早くセットしていく。若い客を担当することはほとんどないのに、そのテクニックは完璧だった。

全体的にふわっとした感じで、篤季の優しい顔によく似合っている。丁寧にセットしただけで、アイドル並みの可愛さにグレイドアップしていた。

「後ろにもっと気を配りなさい。お客様に対して、なぜ最後に合わせ鏡で確認していただくのか分かるか？　後ろ姿は、なかなか自分で確認出来ないが、人からは見られるものだ。美しい後ろ姿に対して、我々には責任がある」

「は、はい」

叱られながらも、篤季は感謝していた。畑山の言葉は身に染《し》みる。篤季は畑山のような優れた理容師になりたいと心底願った。

「今度、学校の授業がない時に、少しカットしてあげよう。そろそろ襟足が長くなってきた。正直言って、私はあまり男の長髪は好きじゃない。綺麗な襟足にこそ、男の粋を感じる」

珍しく畑山は、本音を吐いている。それには篤季も同感だった。

「男は、後ろ姿で人生を語る生き物だ。俯いた背中、汚れた襟足、肩にフケなんて散っていたらもういけない。人は見かけだけで判断されてはいけないものだが、自分が見られていることを意識していれば、見栄えをよくすることなどいくらでも出来る」

「は、はい、そう思います」

「君はまだ若いし、なかなか優れた容姿をしている。だからといって、慢心《まんしん》してはいけないよ。若さの美は残酷だ。すぐに陰りが出る。だが真の美に気づいたら、もう老いることは何の心配もない」

まるで講義でも聞いているようだ。この講義は無料で、しかも篤季のみに語られる特別講義だった。

「さっ、では、いつものように笑顔でお客様を出迎えてくれ。たとえまだ鋏は握れなくても、君はもう立派なここの一員なんだから」

「はいっ」

篤季は思わず勢いよく立ちあがって、腰を九十度に折って礼をしてしまった。

忙しい一日が始まる。ここは予約制だが、それでも繁盛店《はんじょうてん》だけあって、スタッフに休みはほとんどない。

予約制と知らずに来た客に、時間の空きのあるスタッフを担当させる采配《さいはい》も、今では篤季の仕事だ。だから篤季は、五時に退店するまでの間、すべてのスタッフの予約状況を確認している。

待っている客にお茶を淹れたり、話し相手になったりするが、その間も篤季の目は、先輩スタッフがカットしていく手元に向けられる。

専門学校で習うことより、現場のほうがずっと勉強になる。けれどここでは、理容師資格がまだない篤季には、決して鋏やカミソリを持たせることはない。目で見たことを、篤季は専門学校で実際に真似してみるだけだ。

それでも実技面での成績はトップクラスだ。生徒同士でカットの練習をすることもあるが、篤季に切って欲しがる生徒は多かった。

スタッフにもそれぞれ得意なカットがある。金田《かねだ》というスタッフは、短髪の天才だった。脇を短く、微妙に頭頂部を長目になど凝った切り方をするので、畑山に次いで予約が多い。

危ない雰囲気の男から、ちょっとはテレビで知られている芸人なども顧客《こきゃく》だった。

もう一人の早瀬《はやせ》というスタッフは、畑山の苦手とする長髪が上手い。美容師の資格も持っていて、カラーリングも得意だった。

では篤季は、どんな理容師になりたいのだろう。これだけは誰にも負けないといったものを持ちたいが、やはり理想は畑山になってしまう。

ビジネススタイルにもっとも相応しい、清潔感のあるヘアスタイル。その人の雰囲気に合わせて、多少の長短はあるだろうが、美しい襟足を見せるという拘りを持ちたかった。

和田の項が脳裏を過ぎる。

そして出掛けていく時の、和田の後ろ姿も蘇った。

男が背中で人生を語るのなら、今朝の和田は幸福だっただろう。背筋を真《ま》っ直《す》ぐに伸ばし、自信が感じられる歩き方をしていた。

けれど夕方になると、和田もまた背を屈《かが》め、俯いて歩いていたりするのだろうか。

そんな和田の姿なんて、見たくはないと篤季は思ってしまった。

幸福は数カ月続いた。秋になったが、まだ夏を思わせる暑い日が時折訪れる。南を向いているリビングから差し込む陽《ひ》のせいで、窓を開けていても暑いくらいだった。

「和田さん、少し疲れてるみたいだね」

「そんなことはない……今日でまた回復するさ」

篤季は和田の顔を蒸しタオルで包む。それが終わると、その顔にシェービングクリームをたっぷりと塗りつけた。

和田は上半身裸で、下はパジャマのズボンだけだ。久しぶりにゆっくりと休めたのは、昨夜《ゆうべ》のうちに永堀が、急遽《きゅうきょ》地元の神戸に戻ってしまったからだった。

神戸なら和田も付いていくところなのだが、永堀は今回高橋だけをつれていったのだ。滅多にない休日となると、和田は出掛けたがらない。篤季と二人、家にいることを望んだ。篤季もそのほうが嬉しい。外でたまに和田とデートすることもあるが、そんな時にはやはり周囲の目が気になる。

和田はこのところ、ますます落ち着いてきて、いい男ぶりに拍車《はくしゃ》を掛けていた。篤季と暮らすことで、精神面で安定してきたからだろう。

「じっとしてて」

篤季はカミソリを手にする。中途半端なものは使うなと言った畑山は、篤季に最高のカミソリをプレゼントしてくれた。これを使うようになってから、篤季は練習用の風船を一度も割ったことがない。

和田も進んで練習台になってくれる。篤季にとってはこれもまた至福の時だった。

丁寧に和田の顔を剃る。そして再度綺麗な蒸しタオルで拭い、アフターシェービングローションを付けた。そして額から頭頂、目元などを軽くマッサージする。

「気持ちいい……気持ちがよすぎて、下半身までリラックスしたみたいだ」

和田はそれとなく自分の股間《こかん》を示す。

「いい天気だ。篤季、ここでしよう」

「この部屋で？　だって……」

篤季は開け放たれた窓に視線を向けた。隣室の住人に、声が聞かれる心配をしてしまったのだ。

「いいさ、構わない。聞かれたっていいじゃないか」

大胆にも和田は、その場でパジャマのズボンを脱ぎ捨ててしまう。そしてリラックスウエア姿の篤季に近づき、着ているものを脱がしにかかった。

「あっ！」

こんな時の和田は強引《ごういん》だ。篤季もいつしかされるままになって、裸身を秋の陽に曝してしまう。

「キスマークって、簡単に消えないものなんだな」

数日前に着けたキスマークの上に、和田は重ねるようにして吸う。すると篤季の色白の体に、ほんのりとした赤い印が残された。

「綺麗にしてくれたお礼だ。気持ちよくしてあげるよ」

そのまま和田は体をずらしていって、篤季のものを口に含む。そして優しく吸い始めた。

「んっ……んんっ」

こんなことをされるのは好きだ。篤季の体は、素直に喜んでいく。

「あっ……」

気持ちいいのに、恥ずかしくてそれを素直に伝えられない。けれどそんな篤季の様子を楽しむかのように、和田の動きは激しくなっていく。

「あっ、ああっ、だ、駄目、そんなにされたら……」

昼ですっぽり包み込むようにして、和田は篤季のものを吸い続ける。篤季が羞恥心で悶えれば悶えるほど、和田の興奮もまた高まっていくかのようだ。

いつ、和田はこんなことを覚えたのだろう。自然な感じでされているから、そんな疑問を抱くこともなかったが、ふと気になってしまった。

これまで経験したこともなかったとしたら、和田は篤季のために学んだのだ。そう思うと、ますます嬉しさがつのってしまう。

「んっ、あっ、ああ」

顔を隠すものもない。だから篤季は、手で思わず顔を覆ってしまう。けれど和田は、そんな篤季の手を、無理やり開いてしまった。

「隠すなよ。見せてくれ」

「だって……」

「恥ずかしがる篤季も、可愛いけどね」

篤季が楽しんだと思ったのか、和田はそのまま体位を入れ替えて、篤季の中に挿入《そうにゅう》しようとしてきた。

そこで篤季は、ふと思い立ち提案する。

「今度は、僕にやらせて」

これまではしてもらうばかりで、自らしてあげたことはなかった。篤季は勇気を出して、怖々《こわごわ》と和田のものに顔を近づける。すると和田は、大の字になって寝転がった。

「いいよ、好きにやってみるといい」

「んっ……」

和田を喜ばせたい。なのに篤季はなかなか大胆になれなくて、いつも終わった後に申し訳ない気持ちになってしまうのだ。

いつもされていることを、同じようにやればいい。そう思って始めてみると、思ったよりもずっと大変だった。

照れてしまうからだろう。舌が上手く動かせない。裏側の感じやすい部分をちろちろと舐めてみたが、この程度ではくすぐったいだけだろう。

「下手でごめんなさい」

思わず篤季は、やりながら謝ってしまった。

「いいよ、やろうとしてくれる気持ちが嬉しいんだから」

和田は鷹揚《おうよう》に笑っているばかりだ。そして和田は、そのまま空をじっと見上げている。

心底くつろいでいる様子が感じられた。欲望は優しくて、和田は追われている様子もなく、ただされるままに、篤季の未熟な愛技を楽しんでいるようだ。

昨夜も愛し合ったので、二人とも余裕があった。だからこんなことに篤季も挑戦する気持ちになったのだ。

「軽く……吸って」

和田に教えられて、篤季は急いで和田のものを吸い込む。けれど勢いよく吸い込みすぎて、喉奥にまで突き当ててしまった。

「んっ！」

「もっとゆっくりだ。急がなくていいから」

「んっ……」

「そう、そしたら首を、ゆっくり動かして」

教えられるまま、篤季は首を動かす。それが思わぬ快感を与えたのか、和田のものの硬度は増していた。

篤季は無心で首を動かす。そうしているうちに、自分も同じように興奮していくのをはっきりと感じた。

体の奥に疼きが生まれ、今、こうして口にしているものを、すぐにでも体内に呑み込みたくなっている。

このまま自ら和田の上に跨《またが》るべきだろうか。けれどそんな大胆なことは、とても出来そうになかった。

「も、もう……駄目」

篤季が弱音を吐くと、また和田は態勢を入れ替えて、お返しのようにさっきと同じことをまた始める。

篤季もまた口での行為を再開した。

しばらくは静かだった。二人とも、互いのものを喜ばせるために、口を使うのに忙しかったからだ。

このままいってしまいたい。そんな気もしたけれど、和田はのろのろと篤季のものから口を放し、再び篤季の体の上に覆い被さってきた。

「最後はやっぱりいつものほうがいいだろ」

答えることなんて、篤季には出来なかった。ただ和田が篤季の唾液《だえき》で濡れたものを、その部分に押し入れるのを待つだけだ。

「んっ……うう……」

もう何度も愛し合っているのに、やはり入れるとなると辛いものがあった。和田もきつさを味わっているのだろうか。急がず、ゆっくりと押し入ってくる。

「いい感じだ。篤季も感じてるだろ?」

篤季は潤《うる》んだ瞳で和田を見つめ、喉を反《そ》らして喜びを伝える。

「あ、あん……んん」

「たまらないよ、篤季……」

和田の動きが加速するにつれて、篤季の内部でも変化が起こり始める。この頃はこうして抱き合う度に、体の奥から快感が沸き上がってくるようになっていた。

「んっ……ああ……あっ、あああっ」

必死で堪《こら》えていても、声が勝手に漏れてきてしまう。そんな篤季の様子すら、和田は楽しんでいるようだ。

「感じてるね……いい顔だ」

見られることに、どうしても慣れない。恥ずかしさで視線を彷徨《さまよ》わせた篤季は、開かれた窓から空を見ていた。

一点の曇りもない青空に、薄い飛行機雲の名残《なごり》が、掠れた筆で描かれたようにすっと伸びている。

じっと見つめているうちに、ふっと体が震えて、篤季は感じたままにすべてを吐き出してしまった。

和田は満足そうに笑う。篤季がいく度に、こうして和田は幸せそうに笑うのだ。

続けて和田は、自分を解放するために、激しく動き始めた。篤季はしっかりと和田に抱きつき、愛される幸福に酔い痴れる。

そして和田にも、静かに終わりが訪れる。二人は抱き合い、ごく自然な感じでキスをした。

充足した和田は、篤季を抱いたままで言った。

「疲れただろ。今夜は俺が料理してやるよ」

「和田さんが？」

「何がいい？」

「パスタとか」

「遠慮するな。そうだ、すき焼きでもしようか。今から買い物に行こう」

もうそんな季節になったのだ。篤季はそろそろ陰り始めた空を見上げる。日中の暖かさが嘘のように、夜になると涼しくなるだろう。けれど和田といる限り、そんな寒さすら楽しいものに変わっていってしまう。

ところが和田の携帯が、再び鳴り出した。和田はふーっとため息を吐くと、転がっていた床から起き上がって携帯を取りにいく。

そして携帯を開いた途端に、さらにため息が漏れていた。

「はい、和田です。すいません、眠っていて」

和田は携帯を手にして、見えない相手に頭を下げていた。

「えっ……本当ですか。年内、解散はないって……話だったじゃないですか。は、はい。

今からですか？」

携帯を手にしたまま、和田は篤季を振り向く。裸では寒いだろうと、パジャマのズボンを持っていこうとした篤季の手が止まった。

それより入浴の準備をしたほうがいい。篤季はすぐにリラックスウェアを身に着けると、バスルームに向かった。

このところ感じなかった不安が、篤季の心に広がっていく。

解散という言葉が何を意味するのか、篤季にだって分かる。和田のボスである永堀は、衆議院議員ではなくなり、新たに選挙で選ばれなかったら、議員ではなくなるのだ。

「スキャンダル……ああ、そうですね。影響あるでしょうか？　地元の反応は？」

漏れ聞こえる和田の声から、篤季は数カ月前に、永堀が週刊誌で叩かれていたことを思い出した。和田はそのことで苦労したのだろうが、篤季の前では決してそういったことは話さない。だから篤季には、何も分からないままだ。

けれどはっきりしているのは、和田が今から神戸に戻り、永堀の選挙の手伝いに明け暮れるということだった。

「篤季、すまない。今から神戸に行ってくる」

電話を終えた和田は、バスルームにいた篤季を追ってきた。

「しばらく帰れないかもしれない。着替え、用意してもらえるかな」

「はい……」

和田のほうを見ないようにして、篤季は答える。

もし永堀が落選したら、和田はどうするつもりだろう。議員秘書の立場なんて、どこにも保証はないのだ。師事する議員が落選すれば、直《ただ》ちに職を失う。

そうなったら和田は、神戸に戻って叔父の仕事を手伝うのだろうか。すると篤季は、この幸せな暮らしを続けられなくなる。

神戸まで追っていくわけにはいかない。やはり畑山には世話になったし、すでに就職も内定しているようなものだ。神戸に行ったところで、今のように恵まれた就職先がある保証はないし、和田も地元では男と同棲《どうせい》など出来ないだろう。

ついに終わりが来たのだ。

いつかは終わると覚悟はしていたが、あまりにも短い幸せだった。

「和田さん、お湯、溜《た》まったからお風呂入って。着替え、用意しますね」

普通の顔をして、篤季はバスルームから出ていく。和田は呆然《ぼうぜん》とした様子で、入れ違いにバスルームに入っていった。

篤季は和田の部屋に入ると、クロゼットを開く。

もうあのフレグランスの残り香はない。篤季が選んだものが、今は和田の香りになった。けれどただフレグランスを振りまいただけでは、この香りにならない。クロゼットに籠《こ》もっているのは、和田の体臭と馴染んだ、この世に一つしかない香りなのだ。

スーツを二着取り出し、ガバメントケースに詰めた。さらにワイシャツを三枚、新しい靴下と下着を入れる。するとガバメントケースはかなり膨らんでしまったが、これでも足りないことになりそうだった。

「神戸か、行ったことないや」

行くのは簡単だ。時間とお金さえあれば、誰でも行ける場所だった。なのに篤季にとっては、簡単に行ける場所ではなくなっていた。

永堀が再選されれば問題はない。けれどあの和田の様子からすると、再選は難しいのかもしれない。有権者の女性達は、ずっと永堀を支えてきた妻の立場を思うと、元女優と不倫関係にあった永堀を許すだろうか。

永堀がその程度のスキャンダルで潰《つぶ》れることもない、確たる政治家だったら問題はないのだろう。そこまでは篤季には、よく分からないことだった。

バスルームから出てきた和田は、ついいつもの習慣で髭を剃ろうとした。ところが綺麗になっていたのでやっと気がつき、苦笑いしてシェーバーを置いている。

「篤季、すまないが、この話は誰にもしないでくれ」

「もちろん誰にも話したりしません」

「公《おおやけ》になるのは時間の問題だろうが、それまでに……いろいろとしなけりゃいけないことがありそうだ」

和田は洗い立ての体にフレグランスを振りかけ、歯を磨き始める。篤季は玄関に向かい、靴を磨き始めた。

今はもうちゃんと靴を磨く用具も揃えてある。いつもより丁寧に、篤季は和田の靴を磨いた。そして揃えて置いた瞬間、次はもうないのかもしれないと悲しくなってきた。

「篤季、選挙が終わるまで、帰れないかもしれない。寂しかったら、実家に戻っていてもいいけど……他に男なんて作らないでくれ」

着替えながら和田は、篤季にも聞こえるように大きな声で部屋から話し掛けてきた。

「そんなことする筈ないでしょ」

「絶対に帰るから。マメに連絡もするよ」

「いいんです、無理しなくても。それより永堀先生が大変なことになってるんでしょ。再選されれば、また同じような暮らしに戻れるんだから、頑張って支えてあげてください」

「そうだな。再選されれば……いいだけのことさ」

けれどそれがどうやら難しそうなのは、さっきの電話の雰囲気から伝わってきた。

「永堀先生、次は大臣の座を狙ってる。だけど現実はどうなんだろう。俺にも、受かるって確信はない」

「嫌だな。和田さんがそんな弱気でどうするんです」

ネクタイを締めていた和田は、そこで手を止めた。

「俺は、落選しても構わないと思ってるよ。この仕事失っても、俺が俺であることに変わりはないんだ。篤季……俺が何をやっても、一緒にいてくれるだろ？」

少し弱気な声だった。だから篤季は、元気よく答える。

「もちろんです」

「それを聞いて安心した」

篤季は和田の部屋に入り、スーツの上着を着せかけた。和田には元気に返事をしたけれど、不安はそう簡単には消えない。

だが笑っていたかった。

笑って和田を見送れば、またこんな生活が戻ってくるような気がしたのだ。

「そうだ、休みを貰って神戸に来るといい。案内するよ」

「無理しなくていいです。そんな時間、きっとないですよ」

「……そうだな」

また元気のなくなりそうな和田に抱きつき、篤季はキスをねだる。

「待っててくれるか？」

「待ってますから……お土産《みやげ》はおいしいお菓子がいいな」

「ああ、分かった……」

和田はそこで黙り、篤季の頬に手を添えてじっと見つめてくる。

今だってやっと時間をやりくりして帰ってきている和田なのに、しばらく会えなくなるどころか、帰らなくなるかもしれないのだ。

和田の顔を見つめているうちに、頬に涙が流れてきた。

きっと和田以上に好きになれる相手なんていない。弱さも強さも、優しさも強引さも、すべて含めて好きだった。

篤季の手は自然と和田の項に伸びていく。

「男は背中で人生を語るそうですよ。和田さん、俯かないでください。そして、あっちに行っても、綺麗な襟足保ってくださいね」

「篤季と離れたら、心が壊れそうだ」

そこでやっと和田は、篤季が待っていたキスをしてくれた。

キスも知らなかった。恋も知らなかった。みんな和田が教えてくれた。

それだけじゃない、和田は悲しみも苦しみも、教えてくれたのだ。

もし和田に出会わなかったら、篤季は今も平穏に生きていただろう。そして電車で助けてくれた男を、今でも捜し続けていたに違いない。

これからはひたすら和田を待つのだろうか。待てる自信はあったけれど、その間の寂しさを誤魔化す方法はまだ知らなかった。

神戸に帰っても、和田は落ち着かない。何だか東京のほうが、今では自分の故郷のような気がしていた。

別れ際の篤季の悲しげな顔が忘れられない。だがもはやすぐに戻ることは不可能だった。選挙となればいつもは張り切っていたらしい永堀の妻が、今回はあまり積極的ではない。やはり不倫騒動で恥をかかされたと思っているのか、和田から見ても消極的だ。

あるいは和田が読んだとおり、永堀の失脚を願っているのかもしれない。

落選するかもしれないと言っていた高橋も、表面上は永堀のために必死になって働いている。だが、永堀が落選した場合の鞍替《くらが》え先を、裏では必死に捜していた。

そんな時に、和田は永堀の地元事務所で、選挙対策員の男からいきなりとんでもないことを聞いた。

「神山先生、民生党から出るらしいね」

「えっ?」

珈琲を渡そうとしていた和田の手が止まった。

あんなに永堀に傾倒《けいとう》していて、東京での勉強会にまで出席していた神山が、永堀と同じ選挙区で、他党から立候補するというのだ。和田でなくても驚く。

「党本部に掛け合ったらしいけど、二人も候補者は立てられない。だったら永堀先生を下ろせと、噛みついたらしいぜ」

「まさか……そんな」

「飼い犬に手を噛まれるってのは、こういうことだよなぁ。神山先生、最近、地方局とはいえテレビとかも出てやたら顔売ってたから、県知事でも狙ってるのかなと思ったら、いきなり衆議院だよ」

珈琲を受け取った男は、苦り切った顔をしている。師弟《してい》対決となったら、いろいろと面倒なことになる。神山は永堀の隠しておきたい部分も知っているからだ。

「そうでなくても、与党の自社党に対して、世論は批判的だ。肝心《かんじん》の永堀先生は、あれだけ週刊誌に叩かれたのに、まだあの女と切れてないみたいだし」

和田はブラックの珈琲を啜る。これが夢なら、この珈琲で目を覚ましたかった。

「和田さん。お身内の方がお見えです」

スタッフに呼ばれて、和田は珈琲をそのままにして向かう。身内と言えば叔父しかいない。今は叔父の家に世話になっているが、それでも帰れないことのほうが多かった。

「景太郎、忙しいか？」

叔父は落ち着きのない様子で、周囲を窺《うかが》っている。永堀がいたら挨拶しなければいけないが、どうにも景気のいい励ましを掛けられないからだろう。

「いえ、忙しいと言ったら、忙しいですが、抜け出すことは出来ますよ。飯でも食べますか?」

用意される弁当も、毎日同じようなものばかりで、正直飽《あ》き飽《あ》きしていた。新鮮な外の空気も吸いたいし、人目のないところなら、堂々と篤季にも電話が出来る。

「ちょっと、外に出よう。会わせたい人がいるんだ」

叔父は声を潜《ひそ》めている。どうやらその会わせたい人のことを、永堀には知られたくないらしい。

「すいません。父と食事してきます」

和田は養父である叔父のことをそう紹介し、自然な感じで事務所を出た。叔父は車で来ていて、すぐに和田を乗せて走り出す。

「すいません、家にも帰れずに。叔父さん、神山先生のこと聞きました? 民生党から出馬するんですってね。永堀先生、ショックだろうな」

叔父はその話を聞いてもたいして驚かない。すでに知っていたということだ。それにしても様子がおかしい。いつもの叔父だったら、神山のことを口汚く罵《ののし》るところなのに、何を考えているのか黙ったままだ。

叔父の運転するベンツは、そのまま芦屋《あしや》の高級住宅街へと向かっていく。叔父も一応成功した資産家だが、まだこの一等地に家を構えることは出来ないでいた。

辿《たど》り着いたのは、和風建築の豪邸《ごうてい》だった。かなり広大な敷地を有していて、庭の見事さから老舗《しにせ》旅館のようにも思えてしまう。大きな冠木門《かぶきもん》に掲げられた表札には、大鷹《おおたか》の文字が見られた。

「大鷹さんと呼ばず、御前《ごぜん》と呼ぶようにしろ」

緊張した面持ちで、叔父は和田を伴って邸内に入っていく。すでに連絡はしてあったのか、品のいい初老の男が、丁寧に出迎えてくれて二人を奥へと案内した。

広縁《ひろえん》に囲まれた二間続きの和室に、この家の主《あるじ》である大鷹はいた。恰幅《かっぷく》のいい白髪の老人で、若く見えるが実際は八十近いのかもしれない。嗄《しゃが》れた声で、和田に話し掛けてくる様子に、年齢の重みが感じられた。

「いや、よう来た。君のお父さんには、入れ歯でよう世話になった」

歯科医だった父の患者だったのかと知ると、途端に和田の中から緊張感は消えた。

「入れ歯の不具合はありませんでしょうか？　父が存命《ぞんめい》ならば、すぐにでもお直し出来たのに残念です」

「うむ、それが不思議と不具合がない。やはり天才と言われるだけのことはある。どうして歯学部に進まなかったんだね？　歯科医を継げばよかったのに」

「実は、あの歯を削る機械の音が嫌いでして。幼い頃から聞き続けて、トラウマになりました」

和田はにこやかに答える。

両親だけではない。和田には祖父母ももういなかったから、大鷹のような年齢の男を前にすると、つい祖父の姿を重ねてしまった。

「そうか、それもまた、運命なんだろう」

そこに上品な女性が、茶を運んできた。大鷹にどこか雰囲気が似ているから、娘だろうか。

「永堀のところで、秘書をしてる和田君だ」

大鷹はその女性に紹介してくれる。

「娘だ。どういうわけか、儂《わし》は男子に恵まれず、孫までみんな女ばかりだ」

その途端、和田の中に嫌な予感というものが浮かんできた。叔父がそれとなく縁談を持ち込むのは以前からだが、いきなりこんな形で相手の祖父に引き合わされたのだろうか。

「東大の法科を出ているそうだ。写真で見るより、ずっといい男だな」

「ええ……本当に」

女性はそれだけににこやかに答えると、自然な感じで下がっていった。

叔父はここに来てから、一言も話していない。緊張しているのか、手を握りしめたままだった。

「永堀は……もう終わったな」

茶を啜りながら、大鷹は何気なく言う。

「次は落ちる……」

結果をすでに知っているような口ぶりに、和田は思わず叔父を振り返った。ずっと永堀を支援してきた叔父は、その言葉を聞いてどう思っただろう。

「和田君、まずは市議で一期務めるといい。その後で衆議院だ」

「私がですか？」

「ああ、君は見てくれもいい。今は政治家も外見だからな」

「い、いえ、私のような若輩《じゃくはい》には、とてもそのようなことは」

「条件は、儂の孫娘の一人と結婚することだ。一人はまだ芦屋大学に通っている。真ん中は宝塚の娘役だ。長女はすでに外務省勤務だ」

ああ、東京のあの部屋に帰りたいと和田は思った。

ドアを開くと、篤季が笑顔でお帰りなさいと出迎えてくれる。家はいつも綺麗で、微かにアロマの香りがした。

和田が帰る時間をメールしておけば、すぐに風呂に入れるようになっていて、軽い夜食も用意されていた。

仕事の話は一切しない。だから自然と話題は、ニュースのこととかになる。時間があれば、リビングでニュースを二人して観た。

そして何度抱かれても、羞恥心の消えない篤季を抱く。篤季はいつまでも初《うぶ》な少年のようで、和田は飽きるということがない。側にいるだけで、自然と欲望はつのった。

何も特別なことはない。けれど静かで穏やかで、癒される生活だった。

「私などより、神山先生のほうが……」

神山が独身だったことを思い出し、和田は思わずその名前を口にしてしまった。裏切り者であることをすぐに思い出したが、もう遅かった。

「ああ、神山か。あれは品性が下劣《げれつ》なので、儂は好かん。図々しくも、孫の一人をくれなんぞと言ってきよったが、あれは駄目だ。今回受かったところで、いずれ尻尾《しっぽ》を出して失脚する」

すでに神山は大鷹を知っていて、積極的に出ていたということなのか。

そんななりふり構わないところが神山の良さでもある。政治家は、常に欲深《よくぶか》であるべきなのだ。

けれど和田には欲がない。唯一の欲は、愛する篤季との静かな生活だけだった。

「借りている東京のマンションは買い取って、あの理容師に手切れ金代わりにやるといい。親も都庁の課長クラスだ。あんな物件は買えないだろうから、喜ぶだろう」

「えっ……」

和田の全身から血の気が引いた。

大鷹はすでに篤季のことを知っている。しかも篤季の父親のことまで調べてあるのだ。

「女と出来ないわけではないのだろう。以前の女は、今はフランスか。まさか体の関係はなかったとまでは言わんよな」

さらにもっと以前のことも知っている。

和田は徹底的に調べられたのだ。そして篤季と同棲しているのを知りながら、大鷹は和田を選んだ。ここに呼ばれたからには、大鷹にとって和田が究極《きゅうきょく》の選択だったのだろう。

「な、なぜ、私なのでしょう。身内の方に、いくらでも適任者がいらっしゃると思いますし、お孫さんがたとえ女性でも、政界進出の機会はあります」

「残念なことに、娘婿も孫も政治には興味がないんだ。生まれつき、不自由をしたことがないから欲がない。ましてや他人のことになど、全く興味もないらしい」

だからといって、政治家にするための婿《むこ》が欲しいというのか。和田がすでに、政治の世界になど興味を失っているというのに、そこまでは考えて貰えないらしい。

「なぜ、永堀先生でも神山先生でもなく、たかが秘書の私なのでしょうか……」

「変な政治意識に凝り固まっておらん。しかも家族を失った悲劇の過去を持ち、これだけの色男だ。皆、喜んで投票してくれるだろう」

つまりは政治家人形が欲しいということだろうか。大鷹の意のままになれる政治家が、欲しいというだけなのか。

いったいこの男は何なのだろう。政治家を意のままに操っている、何か巨大な組織でもあるというのか。そんなものは都市伝説のように思っていたが、大鷹の口調は単なる老人の妄想とは思えない。

「儂はいつまで生きるか分からんが、心配しなくても儂の後継者はいる。和田君が素直に従うようなら、この先の支援も保証する」

「お断りしたら、どうなるのでしょう」

「断る？　あり得ん。そのままいけば、いずれ大臣か、上手くすれば総理大臣だ。断る理由がない」

けれど和田にはあるのだ。篤季を裏切ることは出来ない。だが同じくらい、叔父を裏切ることも出来なかった。

永堀が落選すれば、叔父も政治になんて興味をなくすだろうと甘く考えていた。けれど叔父は、和田を大鷹に生け贄《いにえ》のように差し出し、政治家にさせようとしている。

もはや叔父を信じることも出来ず、和田は絶望的な気持ちになっていた。

「男が好きな癖は、どうにかしたほうがいい。どうしてもというなら、金を使って処理しろ。長女が一番政治家の妻に向いているな。あれが仕事を続けたいようなら、続けさせればいい。ただ子供だけは作ってくれ」

「無理です……そんな、お孫さんに対して失礼ですよ」

「優秀な子供を授かるんだ。孫達に異論はない。まさか結婚に夢でも見てるのか？　そんな子供でもないだろう。何ならあの理容師に店でも持たせて、愛人にしてもいいんだ。ただしすぐに関係に気づかれるようなことはするな」

本当に自分のことが語られているのか、和田にはもう分からなくなってきた。

ここで拒絶したらどうなるのだろう。まさか命を狙われるなんておまけがあるのだろうか。しかも自分だけでなく、篤季や叔父までとなったら考えざるを得ない。

少なくとも大鷹は、何らかの形で経済界や政界に影響力を持っていそうだ。叔父が経営するような会社の規模では、圧力を受けたら簡単に倒産してしまうだろう。

愛のない結婚、自分の意志ではない政治活動。その結果得られるものが名誉ある地位だとしても、そんなものは和田には必要ない。

「永堀先生が、国民の民意で再選されたら、事情は変わってくると思いますが」

「民意などというものは、いくらでも操作出来る。自社党は一時敗退するだろう。和田君が出るのは、次の選挙だ。それまでに足場を固めておくといい」

そこで大鷹はちらっと腕時計を見る。もうこの会見は終わりだと、それとなく示されたようだ。

「まだ紅葉には少し早いが、庭に野点《のだて》の準備がしてある。和田君、そこに孫達がいるから、まぁ、話をしてみるといい」

彼女らはそれでもいいと思っているのか。自分の意志というものはないのだろうか。祖父が与えた婿候補から選ばれるのは一人だ。そのことで姉妹間の確執《かくしつ》が生まれたりはしないのだろうか。

和田の知らない世界がある。

欲のある人間なら、簡単にはまりこんでしまう世界だ。

けれど誰もが選ばれるわけではない。

またもや和田の意識は、東京の家に向かう。

篤季の悲しげな顔が蘇った。あの時はただ単に数カ月の別れが寂しいだけだろうと思っていたが、あるいは篤季はこんなこともあると予想していたのかもしれない。

篤季がこのことを知ったら、何もいらないと言って、簡単に身を引くだろう。

そういう男なのだ。だが和田は、そんな篤季だからこそ、裏切ることは出来なかった。

愛人として囲う。店を与える。そんな条件を出したところで、和田の示す誠意にはならない。篤季が納得する筈もなかった。

愛なんてものに意味はないと、大鷹なら言いそうだ。けれど和田にとって、今や愛だけが意味のあるものだった。

叔父の頼みで永堀の秘書となったが、そこではっきりと自分の意志を示さなかったのがそもそもの間違いだ。やはり弁護士を志すべきだったのだ。

けれどそれでは篤季と巡り会うことは出来なかった。

運命は皮肉で残酷だ。そんな運命に立ち向かえる勇気を、和田は何よりも欲しかった。

衆議院が解散となって、連日ニュースは次期選挙の話題で盛り上がっている。店でも必ずその話題が出たが、接客業の基本は特定の政治団体の支持を口にしないことだ。贔屓のスポーツチームのことを、口にするのもタブーとされている。そういった話題が出たら、相槌《あいづち》を打って聞き流す、篤季は和田にそう教えられた。

特に今回のような国政が左右されるような選挙では、下手なことを口走ってはいけない。特定の政党支持だと思われると、営業にも影響が出てくる。何しろこの店では、各政党の議員もいい顧客なのだ。

篤季は和田からのメールが、どんどん少なくなっていることで落ち込んでいた。忙しいのは分かっていても。やはり寂しい。それでも表面上は変わらず、元気に過ごしている。

実家には戻っていない。いつ和田が帰るか分からないので、部屋をいつも綺麗にして、和田を待っていた。

用意する夜食が、毎日そのまま篤季の朝食になる。一人で珈琲を淹れることはまずなくて、毎日ティーバックの紅茶ばかり飲んでいた。

そんな時、なぜか永堀の秘書である高橋から、店に電話があった。何とか畑山の時間を空けて、神山のカットの時間を作ってくれという。

畑山は自分の休憩時間を削って、その予約を受け入れた。けれど選挙絡みなのかどうか知らないが、ここのところ畑山の予約は毎日一杯なのだ。篤季はつい畑山の身を心配してしまった。

「畑山さん、お疲れではないですか……」

「ああ、大丈夫だよ。選挙前は忙しくなるのが普通だ。覚悟はしていたからね。それより一宮君が資格を取って、現場に参加してくれるのが楽しみだな。こういう時は、予約なしで来るお客様を、逃がしてしまうことが多くてね」

「はい、ご期待に沿えるように頑張ります」

次の客を担当するまでの僅かの時間に、篤季は畑山のためにお茶を淹れる。この店は客に出すお茶もいいものを使っていて、畑山の茶碗《ちゃわん》に注がれたものは綺麗な緑色をしていた。

「お茶が旨いって評判だよ。珈琲好きの人にはちゃんと珈琲を淹れるし、そういった気配りはとても助かる」

「あ、ありがとうございます」

もう半年以上ここにいるから、顧客の好みもすべて覚えた。おいしいお茶の淹れ方も学んだし、畑山が変にけちったりしないので、篤季も遠慮なく、珈琲も一人前ずつの簡単なドリップ式のもので相手の好みに合わせて淹れている。

「神山先生は、民生党から出るんだね」

客には政治の話をしなくても、スタッフ同士で会話の制限はない。畑山のさりげない一言で、篤季は自分の無知を恥じた。

「ニュース、ちゃんと観てなくて、知りませんでした」

和田がいない寂しさから、つい録画したバラエティ番組ばかり観るようになった。一瞬でも笑っていたかったのだ。そのせいでそんなことも知らないままだった。

でも、それだと高橋が電話してきたのはおかしい。旧知の仲だから、神山が頼んだのだろうか。

「あの、それだと永堀先生と同じ選挙区から出るんですか?」

「そうらしいね。我々には関係ない話だが……」

永堀は和田の顧客だ。地元にもバーバーは数多くあるのに、永堀は畑山にしか切らせない。癖のある髪を、見事に綺麗にしてくれる腕を信じているからだ。

だがその永堀も、選挙前のこの大事な時に、予約を入れてこない。内心は永堀が来たら、和田も同行してくるだろうと期待していたので、篤季としては気になっていたのだが。

永堀は裏切られたのだろうか。和田のメールが減ったことに、そんな事情があるのかもしれない。和田がかなりストレスを溜めているだろうと、またもや篤季は心配になってくる。

畑山はお茶を飲み、トイレに行くとまたすぐに仕事に戻る。繁盛店の理容師や美容師は、休憩時間を取るのも難しいのが現実だ。一日立ったままで、腕も上げた状態が続く。それでもカットやシェービングの手が、僅かにぶれることも許されないのだ。

太古《たいこ》から、人は髪を整えることを大切にしてきた。美に奉仕する者は常にいて、日本でもその歴史は古い。

誇るべき職業なんだと、篤季は思う。

次々と休憩に入るスタッフに、それぞれ好みの飲み物を用意する。その間に客への対応をし、スタッフからマッサージや洗髪だけ頼まれることもあった。そうして出来た僅かの時間に、スタッフは食事をしたりするのだ。

忙しく働いてるうちに、篤季にも休憩時間が近づいていた。買ってきた昼食を休憩室で食べるが、やはり店が気になって食べたらすぐに仕事に戻ってしまう。それでよく畑山に叱られていた。

休憩に入ろうとしていたら、見覚えのある姿がタクシーから降り立った。予約を入れた時間より少し早いが、神山は気にもしていないだろう。

「おっ、相変わらず可愛い顔してるな。で、どうだい、これは?」

神山は新しいスーツを着てきたのだろう。以前よりずっと細身のもので、体に似合っていた。

「とてもいいと思います。細く、すっきりと見えますよ」

スーツのラインを変えるだけで、かなり若々しい印象になっている。篤季の言ったことを、多少は参考にしてくれたのだろうか。

「細いピンストライプだと、もっと痩せた印象になると思えます」

「そうか。なぁ、ちょっと外に出られないか。ネクタイ、選んでくれ」

「えっ、僕がですか？」

「スタイリストなんて使う余裕はないし、センスのいい嫁なんていないんだ。助けてくれよ。飯ぐらいご馳走《ちそう》するからさ」

「いえ、予約のお時間、迫ってますから、買い物だけお付き合いします」

そんなことをしたら、永堀が不快に思うだろうか。けれどどの政党に所属しようと、一度でも畑山が担当したら顧客リスト入りだ。失礼がないようにするのも、篤季の仕事だ。

神山と二人で外に出た。近くにネクタイの専門店があるので、神山を伴ってその店に入る。すると神山は、次々とセンスの悪い派手なネクタイを手にし始め、篤季を驚かせた。

「先生、こちらのようなシンプルなもののほうが、よろしいと思いますよ。それともなけ

れば、ご自分なりの拘りを持って、どれにも同じがらがあるようにするとか」

「拘りか……そんなものはないな」

「だったらラッキーカラーはどうですか？　必ず赤を入れるとか」

「おっ、それはいいな……どう、これなんか」

「い、いえ、こちらのほうが」

鏡を前に、しばらく神山との格闘が続く。最終的には、どうにか落ち着いた感じのもので、神山の主張するラッキーカラーの水色を中心に選ぶことが出来た。

「そういえば和田君、次回の市議選でいよいよデビューらしいな」

「……そうなんですか？」

「聞いてないのか？」

神山はそこで、わざとのように間をあける。

「はい、永堀先生はしばらくこちらにお見えじゃないので」

篤季もすぐに惚《とぼ》けた
「大物の支援者を捕まえたみたいだ。その家に婿入りするらしい」

「……」

そうなんですかと答えるのがやっとだった。けれどその声はかなり小さくて、神山に届いたかどうかも分からない。

「本当は俺がその家に婿入りする筈だったのさ。なのに、あっさりと攫われた。そりゃしょうがないよな。和田君はあのとおりの色男だし、東大だろ。俺は三流の私学だし、親も金持ちじゃない。育ちも悪いからな」

そこに多少の嘘を感じる。間違っても和田が、自ら篤季を裏切るようなことをしたとは思いたくない。

「俺が民生党に鞍替えしたのは知ってるだろ?」

「はい……」

「どうやら俺は、県の党支援者からは嫌われたらしい。おかしいなと思ってたら、その理由が分かったよ。和田君を永堀先生の後釜に据えるつもりだったんだ」

そんなことがあるのだろうか。和田にそこまでの政治家としての意欲を感じなかっただけに、篤季はまだ信じられずにいる。

だが和田も、篤季の前でどこまで本心を語っていたかは分からない。

「永堀先生を倒すのは簡単だが、その次の選挙の時に、対抗馬になるのは和田君になりそうだ。だけど俺は、和田君を落とせるネタを握ってる」

そこでにやっと神山は笑うと、スタッフに会計してくれとカードを差し出した。

「ネタって何ですか?」

篤季は思わず聞いてしまった。

「君はネクタイしないの? 好きなの選んでいいよ」

もう会計の準備に入っているのに、今頃思い出したように神山は言う。そういった狡猾《こうかつ》さが、篤季は嫌いだった。

さらにヒントだけ与えて、答えを言わないのも嫌いだ。相手が苛立《いらだ》つのを見て、楽しんでいるようにしか思えない。

「和田君って、本当に見かけによらないよな。好青年《こうせいねん》のように見えて、腹の中は真っ黒だ。もっともそれくらいじゃないと、政治家なんてなれないけどね。おっ、そろそろ時間か、付き合わせて悪かったな」

神山は買ったネクタイを受け取ると、さっさと店に向かって戻り始める。その後を従いながら、篤季はここで動揺してはいけないと自分を戒《いまし》めた。

和田に真実を問い詰めるなんてことはしたくない。和田が自分でその気になった時に、直接本人の言葉で聞きたかった。

こんなことになりそうだなと、ずっと覚悟はしていた。和田のように前途《ぜんと》有望《ゆうぼう》な男に、見合い話が来ないほうがおかしい。

神戸に戻ったら、皆が用意して和田を待ち構えていただろう。

一度は願いが叶ったのだ。恋は成就《じょうじゅ》し、短い間とはいえ幸せだった。だからそれで満足しろということなのだろう。

篤季がいたら、和田の将来が危ない。スキャンダルになりそうなことからは、出来るだけ離れているべきだ。

神山は気を持たせるように言ったことが、篤季は自分のことを言われたように感じる。わざわざここに来たのも、よく考えればおかしな話だった。

泣いたほうがすっきりするのは分かっている。けれど今は泣けない。一人になってから泣くべきだ。いや、和田に直接別れを言われるまで、涙は取っておいたほうがいいのかもしれない。

和田は永堀の当選に賭けた。そのために選挙に奔走《ほんそう》し、篤季との連絡も滞りがちになっていた。

大鷹には、選挙が終わるまでは、返事は出来ないと言ってある。叔父もそれには納得してくれた。

はっきりとは言わなかったが、どうやら和田が目を付けられたのは、かなり前からのことらしい。大鷹はまず叔父に接触し、和田をあえて永堀のところに行かせたのだ。そこで和田の資質を見極めるつもりだったのだろう。

ずっと観察されていたと思うと、どうにもすっきりしない。

順調にいくように思えたが、唯一大鷹の想定外のことがあった。

それが篤季との関係なのだ。

和田の以前の女性関係は調べてある。今は付き合っている女性もいない。風俗に通うようなこともないので、大鷹は安心していただろう。

ところがいきなり同棲を始めた相手は、男だった。大鷹もさすがに慌てたようだ。この選挙を機会に、一気に見合い話を進める気になってしまったのだ。

そしてついに立候補者の名が公示され、連日選挙カーに乗っての戦いが始まった。ところが実際に投票日となって、和田は大きな失望を味わわされた。

永堀は落選したのだ。これは大鷹が永堀を見捨てた結果なのだろうか。そうではなく、あくまでも民意だと和田は思いたい。

「先生、お疲れ様でした」

選挙事務所の片隅で、一人煙草を吸っている永堀の背後に立ち、和田は思わず声を掛けてしまった。

皆、永堀をそっとしておこうとしているのに、気の利かないやつだと思われたかもしれない。けれど和田は、どうしても永堀に聞きたいことがあったのだ。

「何、そろそろ潮時《しおどき》だろう……。和田君、敗因は、スキャンダルだと思うか?」

「いいえ……先生はそんなことで潰されるような方だとは思っておりません」

「そうだな。私は、利用価値がなくなったから、見捨てられたんだよ」

やはりそうなのだろうか。和田が何か言いかけると、永堀は制止させて勝手に言葉を続けた。

「彼女とのことも、罠《わな》だって気がついていた。相手は元女優だ。男をその気にさせることなんて簡単にやる。だけど私は騙された。いや、騙されたかったんだ」

「先生……」

「男の夢だよ。いい歳して、本気の恋愛。最初の頃は罠だと気づかずに、一人で舞い上がっていた。傍《はた》から見たら滑稽《こっけい》だろうが、私は幸せだったんだよ。彼女といる間は、何もかも忘れられた……本当の自分に戻ったような気がしていたな」

その気持ちは、和田にもよく分かる。篤季といる時間、和田はもっとも自分らしい自分に戻れるのだ。

「和田君……これは警告だ」

「えっ？」

「私の妻は、元秘書だったんだが……その前は、大鷹の秘書だった女だ。意味は分かるな」

「あっ……は、はい」

「大臣……総理……甘い言葉だったな。だが私にそれだけの力量がないと見切られたんだ。だから……大量の組織票が、神山に流された」

そこで永堀は、また続けて新しい煙草に火を点《つ》けた。ずっと禁煙していたのに、久しぶりに吸う煙草は旨いのだろうか。目を細めて吸っている。

「神山は、次に君が出るまでの中継ぎだ。すぐにスキャンダルまみれになって失脚する。もし生き延びたら、それは彼の力が本物だったということだろう」

和田は言葉を失う。永堀もすでに、和田が大鷹の選んだ男だと知っていた。知らなかったのは、和田だけだったのだ。

「何もかもが虚《むな》しいが……和田君、好きな女の膝枕《ひざまくら》、あれはね、最高だよ。セックスよりもいい。きっと彼女は、落選した途端に私の前から消えるだろうが……あの膝枕なぁ、二度と出来ないのは辛いもんだ」

「先生……私は、また弁護士事務所に戻りたいと思っております」

ついに和田は決意を口にする。

何年かの後に、永堀と同じような愚痴《ぐち》を言いたくはない。自分に与えられた生の時間は、どれだけあるか分からないのだ。

弟は恋も知らずに死んだ。そんな弟の分まで、和田は幸せになりたい。

和田にとっては大臣や総理なんて言葉よりも、もっとささやかな幸せという言葉のほうが大切だ。そして弁護士となって、身近な問題で困っている人達を直接助けたい。

「和田君、野心はないのか?」

「政治家になる野心はありません。それより私も先生のように、膝枕を味わいたいです。しかも偽《にせ》の愛情ではなく、本物の愛情を持った相手の膝が欲しいです」

「御前は許さないぞ。覚悟は出来てるのか」

「別に私が辞退しても、誰も困らないでしょう。野心のある人間なら、山ほどおります」

永堀は頷くと、そこで笑い出す。

「そうだな。野心まみれの人間しか見ていないから、みんな、どうかしてるんだ。野心なんて無用の人間がいてもおかしくないのに。まぁ、そうだな。和田君、東京の法律事務所で勤務するつもりなら、いいところを紹介する。銀座にあるんだ……」

そこで永堀は言葉を濁《にご》した。あるいは永堀も、とうに篤季とのことを知っていたのかもしれない。だから銀座の法律事務所を紹介してくれる気になったと思うのは、考えすぎだろうか。

「先生、男は背中で人生を語るそうです。今回は、残念な結果になりましたが、先生、決して俯かず、背筋を伸ばして歩いてください」

篤季が言っていたことを、和田はそのまま永堀に告げた。すると永堀は、思い切り背筋を伸ばす。

「そうだな。俯かない。いい言葉だ……」

すぐにでも新幹線に飛び乗って、和田は東京に戻りたくなっていた。無責任と思われても仕方がないが、ここに残ったら大鷹の意を受けたことになってしまう。

「先生、これで失礼してよろしいでしょうか?」

「んっ……?」

「まだ最終の新幹線に間に合うので、東京に逃げます」

「そうか、逃げるか。それもいいだろう。だったらさっさと逃げろ。無事に逃げ切れるのを祈ってるよ」

「ありがとうございます」

和田は直角に体を折って挨拶すると、敗戦のインタビューをしようと待ち構える取材班の間をすり抜け、選挙事務所を後にした。

背筋を伸ばし、真っ直ぐに歩く。今の和田には容易《たやす》いことだ。これで何もかもから自由になったのだから。

その日は学校は休みだったから、篤季は仕事が終わるとずっとテレビの前にいた。開票速報番組を見ながら、永堀の名前が出るのをずっと待っていた。

そして結果が判明したのは八時過ぎ、当選確実に神山の名前が挙がった。

テレビに映された神山は、篤季が選んだネクタイをして、細いピンストライプのスーツ姿だ。最初に会った頃より痩せたのだろう。細身のスーツでも、まだ余っているように感じられる。

続けて敗北した永堀の事務所に、カメラは切り替わった。篤季は必死に和田の姿を捜したが、カメラでは映らない場所にいるのか姿は見えない。チャンネルを変えて他局の番組を見てもやはり同じだった。

「何だ……映ってない。メールで励ましておこうかな」

最近は一日一度のメールすらないことが多い。それだけ和田も大変な思いをしているんだと我慢していたが、たまに届くメールにも、市議会議員のことや、見合いの話は一切書き込まれていなかったのはやはり辛かった。

メールを送ったけれど、返事がない。和田は見合いの相手と、結婚するつもりになってしまったのかもしれない。だから篤季とは、連絡など取り合いたくないのだろう。

ついに終わったのだ。

永堀は落選して議員でなくなったから、和田も解雇される。その後は、結婚して、有力者の支援を受けて議員になる。

ここで和田を待つこともなくなった。

そう思った瞬間、篤季は神山からその話を聞かされて以来、ずっと耐え続けていた泣くことを、自分に許した。

「和田さん……幸せをありがとう……」

まだクロゼットを開けば、微かに残り香は香る。けれどそれもどんどん薄れていって、しまいには何の匂いかも分からなくなってしまうのだろう。

そして和田との思い出も、いつか現実味をなくしてしまい、夢のようにぼんやりとしたものへと変わってしまうのだ。

抱き締めてくれた腕の強さや、重なる唇の柔らかさを、この体はいつまで覚えていられるのか。

「和田さん……好きだった。本当に、大好きだったんだよ」

篤季はソファに座り、膝を抱えて泣き続ける。

待っていてくれと言われたけれど、明日にはこの家を出ていこうと思った。

荷物は少し増えている。和田が買ってくれた、ささやかなものばかりだが、どれにも思い出がある。

それを捨ててしまえば、ほとんど荷物はない。

和田がいなくなってからは、毎日自分のベッドで眠っている。どうしても寂しくなると、こっそりと和田の部屋のベッドに潜《もぐ》り込んで眠った。ベッドにもまだ微かに和田の匂いが残っていて、抱かれて眠っているような気持ちになれたのだ。

そのベッドも何もかも、和田が用意してくれたものだった。厚意に甘えていたが、それも本来だったら許されないことだったのかもしれない。

これでは恋人というより、愛人だろう。いくら篤季が年下とはいえ、もう少し対等な関係でいるべきだった。甘えられる心地よさに、すっかり酔い痴れていたことを、今では反省している。

どんなに泣いても、どんなに反省しても、これで終わりだと篤季は覚悟を決めた。

「最後の夜にしよう……」

明日には綺麗に掃除をして、冷蔵庫の中も何もかも空っぽにして出ていこうと思った。そうしておけば、和田も引っ越しが楽だろう。

篤季はのろのろとバスルームに向かい、バスタブを湯で満たす。最初の夜のことを思い出し、胸が苦しいけれど、これで最後だと思えばどうしても風呂に入りたかった。

二人で繰り返した何気ない日常を、最後にもう一度だけ再現したい。ここに和田はいないけれど、いた時のようにしてみたかった。

湯が満たされるまでの間に、篤季はキッチンに立って夜食を作る。それも選挙の間はしなかった。そのせいで篤季は朝食もあまり食べなくなり、少し痩せたようだ。

「今夜は……和田さんの好きな、チーズサンドにしよう」

まだ料理の腕があまりよくない篤季の作った夜食の中で、和田が気に入っていたのはチーズサンドだ。チーズとトマトとレタスをパンに挟《はさ》むだけの、誰でも作れる簡単なものだった。

「きっと和田さん、僕が料理下手なの知っていて、わざと簡単なものをおいしいって言ってたのかな」

きっとそうに違いない。篤季が失敗して落ち込むことのないようにとの、和田なりの思いやりだったのだ。

パン二枚でサンドイッチを作り、切り分けてラップを掛ける。そして冷蔵庫にしまった。ミルク多めのカフェオレとサンドイッチ。それが和田の好きな夜食だ。たまにお握《にぎ》りにも挑戦したけれど、篤季のお握りは柔らかくて、食べているうちにいつも崩れてしまう。

最初に中までぎゅっと握るんだと、和田に教えられたことまで懐《なつ》かしい。

和田がそんなささやかな日常を楽しんでいた気持ちは、篤季にもよく分かる。突然、家族を失ったのだ。心のどこかで、穏やかだった家族のいる日常に戻りたいと、いつも思っていた筈だ。

「洗濯物の乾いた後の匂いとか……和田さん、好きだったな」

ふわふわのバスタオルに、顔を埋めていた和田の姿が蘇る。ホテルのバスタオルとは違うんだ、こういうのが家のバスタオルの匂いなんだと、幸せそうに笑っていた。

「いいじゃないか。今度は、本物の家族が出来るんだから……」

不思議と和田の妻となる女性に対して、嫉妬は感じなかった。けれど篤季は、いずれ生まれるだろう和田の子供に対しては、言いしれぬ嫉妬を感じる。

和田が妻は愛せなくても、子供を愛するだろうことは分かっていたからだ。

「和田さんの欲しがってた幸せが手に入るよ。だからもう、僕はいらないよね」

明日の朝には、きっとチーズサンドは捨てられるのだろう。あらゆる冷蔵庫の中身と共に、ゴミ袋に入れられてしまうのだ。

篤季は顔を歪《ゆが》ませながら、冷蔵庫の扉を閉める。そして再びバスルームに向かった。

ここにも和田の使っていた匂いが残っている。ボディソープやシャンプーは、香料の少ないものだけれど、それでも洗い立ての和田の体からは、この香りが匂い立った。

風呂上がりの熱い体で、何度抱き合っただろう。まだ十分に乾いていない髪のまま、和田はベッドに侵入してきて篤季を抱く。翌朝、その乱れた髪をセットしてあげるのが、篤季の仕事だった。

篤季はバスタブに身を沈め、膝を抱く。また泣きたくなってきたからだ。

「だけど後悔はしない。恋した苦しみなんだ。何もなければ、泣くことも出来なかった」

自分を納得させるように篤季は呟く。

実家に一度は帰るが、その後また部屋を探そうと思った。家族が嫌いなわけではないが、自立したいと思っている。それに仕事や学校に通うのに、近い場所に住みたかった。

それにはお金がいる。まだバイトなので、それほど給料は高くない。これまでやってこれたのは、和田のおかげだった。

「早く資格取りたい……そして、指名されるような理容師になりたい」

篤季は目を閉じ、空中でカットする仕草《しぐさ》をしてみる。そこにあるのは和田の頭だ。自然な感じで流す横分けで、男性のスタンダードともいえる髪型だ。

襟足をバリカンで刈るようなことはしない。丁寧に鋏で切っていく。それが畑山のやり方だ。まるでバリカンでやったようにも切れるし、自然な厚さで残すことも畑山は出来る。

和田の項が浮かんだ。後ろ姿の綺麗な男なのだ。裸になると特にその印象が強い。筋肉のある肩から腕のラインが綺麗で、少し長めの首が余計に美しく見せている。

綺麗にカットして、誰もが見惚れる後ろ姿にしたかった。

あの後ろ姿を、もう見ることはないのだ。

どんなに会いたくても、会ってはいけない。和田は篤季の知らない世界で生きる男なのだから。

入浴を終えて湯を抜く時に、篤季は悲しみもすべて流れていけと願った。

明日にはまた、何も考えずに片付けられるようになりたい。そして未練など残さず、ここを出ていきたかった。

裸の体に、今夜は和田の使っているフレグランスを振りかける。荷造りする時に、フレグランスを入れ忘れた。神戸で同じものを買ってくださいとメールしたけれど、和田は今でもこの香りに包まれているだろうか。

篤季の体臭に馴染んでしまったら、別のものになってしまう。だからトップノーズが強い最初の瞬間だけ、篤季は和田と一緒にいるような気持ちになれるのだ。

そのまま篤季は、全裸で和田のベッドに潜り込む。最初の夜の再現だ。けれど今夜は、捜しに来てくれる和田はいない。

ベッドでは泣きたくない。だから目を閉じて、心を空にしようと努力した。なのに浮かんできたのは、またしてもあの電車での情景だった。

いつか痴漢の男が、和田になっている。

篤季は満員電車の中、なぜか裸で和田の手により犯されていた。

「んっ……」

思わず声が出て、篤季は自分の下半身の状態が変化していることに気がつく。

しばらく自分でもしていなかったせいで、こんな時だというのに、篤季は欲情したのだ。

「うっ……」

手で性器を押さえる。そこだけで味わう快感のつまらなさを、もう篤季は知ってしまった。挿入される確かなものがなければ、酔うほどの快感は味わえない。

和田のものが欲しかった。けれど代わりのものなんて、どこにもない。篤季にはおかしな道具を使って楽しむほどの気持ちはないし、他の男で充足するつもりもなかった。

「和田さん、もう一度、もう一度だけ、抱かれたかったのに」

篤季は握りつぶすほどの勢いで、自分の性器を押さえ込む。なのに欲望は鎮《しず》まらず、嵐のように和田の姿が次々と脳裏に浮かんでは篤季を襲い始める。

「あっ……ああ、和田さん、抱いてよ、和田さん……抱いて欲しい。欲しいんだ、和田さんが」

泣きながら和田の名を呼んでいるうちに、篤季はまた夢の世界に入っていく。

満員電車の中、なぜか和田は背中を向けていた。その背中に思い切り縋《すが》りつく。すると
くるっと振り向いたその顔は、和田とは全く違った男のものだった。

みると周囲にいる男達が、欲望に汚れた目で篤季を見ている。そして次々に手を伸ばしてきた。

「い、嫌だっ。そんなのは違う。和田さんだけだ。僕に触れていいのは、和田さんだけなんだよっ」

自分で叫んだ途端に、篤季はふっと現実を取り戻す。手にはどろっとしたものが溢れ出ていたが、それは中学生の頃の夢精《むせい》にも似て、何の快感もなく出てしまったようなものだった。

これからもずっとこんな感じで、欲望が沸き上がるたびに苦しむのだろうか。どんなに和田を忘れたいと思っても、体がそれを許さないのかもしれない。

篤季は汚れた手を拭い、羽毛布団を頭まで被った。

そうしていると匂いが籠もって、和田といるような錯覚に陥る。

「どうやったら忘れられるんだろう……。誰か教えて」

店を訪れる男達は、篤季にいい答えを教えてくれるだろうか。

そんな話は、バーバーでするものじゃないと畑山に怒られるだけだろう。

だったら畑山が、答えをくれるといいと思ったが、その畑山がどんな恋愛をしてきたのか、全く知らない。

いつか機会があったら、一人でも上手く生きられるこつなど、教えて貰いたいと篤季は思っていた。

眠りは浅く、何度も篤季は目を覚ます。けれどどこまでが夢で、どこまでが現実かよく分からない。

まだ夢の中にいるようだ。和田が優しく篤季の髪を撫《な》でている。こんなことがいつかあったような気がする。

「和田さん、愛してるけど、もうお別れだね。どうしたら忘れられるんだろう」

夢なのに普通に喋っている。声がちゃんと聞こえた。

「大好きだよ、和田さん」

篤季は手を伸ばし、和田の手を握った。

何とリアルな夢だろう。和田の手の感触がしっかり感じられる。

「篤季……俺も、篤季を愛してる。だから忘れたりしなくていいんだよ」

「駄目だよ。和田さんは、議員になって、結婚するんだから……」

篤季の言葉に、和田は怪訝《けげん》そうな表情を浮かべる。そんなところまで、本物の和田にそっくりだ。

「いつ、そんな話を聞いたんだ？」

「あれが夢ならよかったのに。神山先生から聞いた後、今日までずっと泣くのは我慢してたんだ……。だけどやっぱり泣いちゃった。今夜で、みんな終わりだと思うと、悲しくてたまらなかったから……」

その時、篤季の鼻先にフレグランスが香った。自分が着けたものと同じなのに、すでに和田の体臭と馴染んで、別のものになった香りだ。

「えっ……」

夢は味覚と匂いまでは再生しない。

だとしたらこれは現実なのだ。

「和田さん？」

「他の誰と話してるつもりなんだ」

「ええっ、だってまだ神戸にいる筈なのに」

これが幽霊でないことを、篤季は真っ先に祈った。それくらい篤季には、信じられないことだったのだ。

「永堀先生のところから逃げてきた。先生も許してくれたよ」

その言葉を聞いて、篤季は飛び起きた。

「嘘だ。そんなの……」

「嘘じゃない。もう永堀先生に秘書はいらない。俺は、今度から、銀座の法律事務所で働くことになったんだ」

篤季は思わず飛び起きた。そして和田の言葉を、何度も反芻《はんすう》する。

永堀のところから逃げてきたとはどういうことなのだろう。見合いの話は、市議の話はと、頭の中で言葉がぐるぐるしている。

「隠れん坊、得意だな。まさか今夜もやってるなんて知らなくて、また家中捜したよ」

「……」

「寝てたから、先に夜食食べていた。その間に起きるかと思ったら、なかなか起きてこないから起こしに来たんだけど、疲れてる？」

篤季は小さく首を振る。その後ですぐに、和田に抱きついていた。

もう思いを止めることなど出来ない。本心はすべて告げてしまった。

「和田さん、駄目だよ。ここに戻ったら、駄目なんだ」

「どうして？　俺は、議員になんてなりたいわけじゃない。それよりもっとしたいことがある」

「何？」

「銀座の法律事務所で働いて、月に、そうだな、二回は新橋のバーバーに通いたい。そこにいる新人の理容師を指名して、綺麗に髪をカットしてもらうのが、俺のささやかな夢なんだよ」

ああ、やはり和田は優しい。底なしに優しい男だと篤季は思った。

篤季にだけ優しいわけじゃないが、和田が他の誰かに優しくしても、篤季はもう嫉妬することはないだろう。

なぜなら和田が、篤季を一番大切に思ってくれていることが、これではっきり分かったからだ。

「チーズサンド、旨かった。毎日、俺がいなくても作ってたんだろ」

「……うん……バリエーション、これでも少し増えたんだよ。オムライスも上手く作れるようになったし……だけど、食べてくれる人がいなくて」

「これからは、俺が食べるから」

「……和田さん、何で帰ってきたの。何で……僕なんかのところに」

和田は優しく篤季の背中を撫でる。そして言った。

「背筋を伸ばして、歩いてたか？　俺は、背筋、ぴんっとさせて帰ってきた。これからまだ戦わないといけないだろうけど、絶対に俯かないと約束するよ」

篤季の頬に和田の手が触れる。その指先には、微かにチーズの匂いがした。

そのまま篤季はその手を取り、唇を押し当てる。

愛が溢れすぎて、言葉も失ってしまった。そんな篤季の様子を見て、和田は額をこつんとぶつけてきた。そして篤季と額をくっつけたまま囁いてくる。

「見合いさせられたんだ。ところが一度に三人も出てきた。その中から好きなの選べだってさ。人間を何だと思ってるんだろう。俺は、一人一人を大切にする世界で生きたい。理容師だって、一人一人の個性に合わせて、最高の仕上げを目指すだろう？　それと同じさ」

「んっ……」

これは夢じゃない。本当に和田は、何もかも捨てて篤季の元に戻ってきたのだ。

「ねぇ、ネクタイ、抜いてくれ」

「んっ……」

震える手で、篤季は和田のネクタイを引き抜く。けれどそのついでに、思わず唇を奪ってしまった。

キスはカフェオレの味がする。

待っていた日常の幸福が、その瞬間、一気に蘇ってきた。

「篤季……愛してるよ。愛してるんだ」

和田はそこで堰《せき》を切ったように行動を荒げ、篤季のことをベッドに押し倒した。

「あっ……ああ、和田さんが戻ってきてくれた」

待っていた瞬間が訪れる。篤季は幸せを取り戻したのだ。

和田は急いでスーツを脱ぎ始めた。篤季も同じように急いでパジャマを脱ぎ捨てる。二人とも、お互いに飢えている。何日も離れていたことで、すっかり余裕は失われていた。脱ぎ捨てられたスーツが、床に散っていく。そうして和田が、一つ、また一つとこれまでの世界の名残を脱ぎ捨てていく間も、二人は絶え間なくキスをし続けていた。

「もう、どこにも行かない？」

そんなこと望んではいけないと分かっているのに、篤季は思わず訊いてしまう。

「ああ、どこにも行かないよ。篤季の側にいる」

「夢みたいだ」

裸になった和田のものは、すでに興奮していた。それは篤季も変わらない。二人は慌ただしく抱き合いながら、互いのものを手にして笑い合う。

「浮気はしてなかったみたいだな？」

「したよ。夢の中の和田さんと」

「そうか、なら俺も同じだ」

そのまま体の位置を変えて、互いのものを口にする。そしてまずは心の飢えを満たし、落ち着きを取り戻そうとしていた。

けれど飢えは、その程度では収まらない。ますます気持ちが昂《たか》ぶり、いつか和田は篤季の体を俯《うつぶ》せにしていた。

「あっ！　ああ、そ、そんなこと……しないで」

いきなりその部分に和田の舌を感じて、篤季は羞恥心に身悶える。だが和田は、想いのすべてを、行為で示していた。

「あっ、ああっ、あっ」

入り口の部分はひくついて、和田のものを待っていた。十分に湿らせたのか、和田はそこで今度は屹立したものを押し当てる。そして一気に貫いてきた。

二度と味わえないと思っていた、至福の時が再び訪れる。篤季は喜びの涙を流しながら、和田のものを体の奥深くに受け入れていた。

「んっ……んん……ああ、もっと奥まで……」

「ああ、もっとか。待ってろ。すぐに」

「あっ！」

待っていた場所に、ついに和田のものの先端が辿り着いた。その瞬間、篤季のものは今にも弾けそうにびくっと震える。

続けてすぐにいきそうになってしまって、篤季は何とか堪えようと下半身を引き締めた。

するとそれが絶妙の快感を与えたのだろう。和田の動きが自然と速くなっていく。

「あ、ああっ、あっ、あああっ」

短い嗚咽《おえつ》が漏れ始めた。

もうそんなに保《も》ちそうにない。篤季は奥歯を噛みしめて、もっと貪欲に和田を味わいたいと思ったが、あっさりと負けてしまいそうだった。

「一度、楽になったほうがいい。ずっとしてなかったから、辛いだろ」

和田は背後から手を伸ばしてきて、篤季のものを弄る。それだけの刺激で、篤季にはもう十分過ぎた。

「あんっ！」

短い悲鳴のような声を上げて、篤季はすぐに弾けてしまった。それを確認すると、和田もまた性急に動き始める。そしてすぐに静かになった。

「待ってろ……今からだ」

篤季の体を上に向けると、和田は荒い息のまま、しっかりと篤季を抱き締めてきた。

「急がなくてもいいのに。これからはずっと一緒にいられるんだから」

「そうだな。だけど、失った数日がもったいなかった」

和田は神戸で過ごした日々を思い出したのか、少し悲しそうな顔をする。篤季はそんな和田を、ただ励ますことしか出来なかった。

「でも神戸に行ったから、こういう結果になったんですよ。よかったじゃないですか」

「よかった、うん、よかったんだ」

永堀を見捨てたことは、和田にとって多少の後悔《こうかい》があったのかもしれない。けれどそんな悩みの時間も、すぐに終わりを告げた。

「もう一度、最初からやり直しだ。どこからやり直す？　帰ってきたところから、やれって言われればやるんだが」

「ううん、もう……離れていたくない。朝まで、ずっと抱いていて」

篤季の可愛い要求に、和田は微笑む。そんな願い事を、叶えてくれない和田ではなかった。

守るべきものとは何だろう。

ささやかな幸福だ。だから和田は、法律事務所で自分達の生活を守ろうとする人々の手助けをする。弁護士の資格はまだないが、いずれ取れることははっきりしている。それまでに学ぶことはまだまだあった。

銀座と言っても、歩けば新橋までそれほどの距離ではない。すっかり春めいてきた午後の時間、歩くのは気分のいいものだ。

篤季は優秀な成績で卒業し、ついに理容師となった。新橋の店の常連は、篤季がまだ資格を取っていなかったことを、意外に思っていたようだ。

今日から篤季は、鋏を手にして客を迎えることが出来る。けれどその記念すべき第一号の客は、絶対に自分でなければいけないと和田は思っていた。

大鷹はまだ和田のことを諦めていない。けれど叔父は、和田を自由にしてくれた。たとえ大鷹から妨害されて事業が立ちゆかなくなってもいい、和田を売るよりはましだと言ってくれたのだ。

叔父としても、亡くなった兄の息子を引き取ったのに、不幸にさせては申し訳ないと思ったのだろう。あの世で兄さんに合わせる顔がないと言って、和田が東京で暮らすことを認めてくれた。

大鷹もいずれ、自分のしていることの理不尽《りふじん》さに気がつくだろうか。それとも新たに野心のある男を見つけ、最後まであのおかしな操り人形ごっこを続けるのだろうか。

永堀は離婚し、一人になって新党を立ち上げた。そして今は、港湾《こうわん》労働者の様々な問題に取り組んでいる。生活の派手さはなくなったが、永堀の背中は真っ直ぐだ。だから和田は、安心していた。

「膝枕か……」

永堀はあれから元女優とどうなったのだろう。スキャンダルを作るために近づいた女は、ほんの一瞬でも永堀を本気で愛したことはなかったのだろうか。

そんなことをつい和田は考えてしまう。

時間は前より自由になった筈だが、変わらず和田の日常は忙しい。新たにボスとなった松波《まつなみ》弁護士の元、裁判のための資料を作るのは結構大変なことだった。相手のことを思い、つい親身になってしまうから、余計に時間がかかるのかもしれない。

ついに『新橋バーバー』に辿り着いた。

男達の憩いの場であり、美を保証するその店は、表に面したガラス窓に一点の曇りもない。中では清潔な白の制服姿の理容師が、軽やかに鋏を使って男達の髪をカットしている。

「いらっしゃいませ」

店内に入ると、見事なカットをした髪の若者が出迎える。その美しい若者は、照れたのか真っ赤になりながら和田に告げた。

「当店は完全予約制になっております」

「予約した和田です。一宮さんにお願いしたいんですが」

そこで若者、篤季は華やかに笑った。

「和田さん、何か、緊張しますね」

「そう？　第一号の客だから？」

和田はしばらくカットしていない。こんなに髪を伸ばしたのは久しぶりだった。それでどうにも襟足の辺りが落ち着かなかった。

実は篤季が理容師の資格を得るまではと、願掛《がんか》けのようにしてカットをしなかったのだ。

篤季は和田のスーツの上着とコートを預かると、すばやくハンガーに掛ける。そして今さら必要もないのに、一応それらしく料金表とか、カット見本の書かれたものを示した。

「どのようになさいますか？」

篤季は和田をカット台へと案内する。そこはいつもなら、飛び込みの客専用に用意されているもので、スタッフそれぞれは自分のカット台を決めていた。もしかしたらこれからはこのカット台が、篤季のためのものになるのかもしれない。

「襟足、綺麗にして欲しいな。こんなに伸ばしたの、学生の時からなかったから、落ち着かないんだ」

「それでは……」

篤季は慣れた手つきで、和田の体にカットクロスを巻く。そして厳《おごそ》かな声で言った。

「シャンプーいたします。痒いところがあったら、おっしゃってくださいね」

何度か自宅で、篤季のシャンプーの練習相手にもなった。けれどバーバーでやると、また違った感じだ。この店では美容院のように、顔を上に向けてシャンプーがされる。顔に掛けられたタオルを、和田はわざとずらして間近にある篤季の真剣な顔を見ていた。

篤季の細い指は、魔法のように動く。

そして最高に気持ちのいいシャンプーが始まった。あまりの気持ちよさに、思わず眠ってしまいそうだ。

そして和田は嫉妬する。この気持ちよさを、篤季は大勢の人に振りまいているのだ。独《ひと》り占《じ》め出来ないのが悔しい。

「お疲れ様です」

シャンプーが終わると、タオルで髪が拭われる。

そしてついにカットが開始された。

ああ、やはり畑山の教え子だと思った。その手の動きは、畑山によく似ている。これまではずっと畑山にカットして貰っていたから、余計にそう思うのかもしれない。

魔法のように鋏が動く。髪を切っている時の篤季は、いつもの可愛い篤季と様子が全然違っていた。真剣そのもので、和田が知らなかった美しさが感じられた。

またもや和田は、これから増えていくだろう篤季の客に嫉妬する。彼らは鏡越しに、この篤季の美しい表情を見ることが出来るのだ。

襟足も篤季は鋏で仕上げる。場所によっては、数ミリのカットになることもあるだろう。だが迷わず、正確に切っていくのだ。

「和田さんの項、日本一綺麗です」

いきなり篤季はそう言うと、鏡越しに微笑む。

「綺麗に仕上げられたら、それが僕の誇りです」

「そうか……では俺は、篤季の第一号の客であることを、誇りに思おう」

和田も鏡越しに篤季を見つめる。

言葉ではなく、互いに視線で愛を語り合った。

篤季が動く度に、微かにフレグランスが香る。整髪料やシャンプーの香りが満ちているバーバーの店内でも、その香りだけは間違えることはない。
和田が帰る家に、いつもある香りだったからだ。

あとがき

この本を手にとっていただき、ありがとうございます。

実は書き始めたのは、数年前になる話なのですが、現実の世界のもやもや感が、妙に被ってしまって驚いています。まぁ、見てきたように嘘を書きですから、たまたまなのでしょうし、現実のほうがもっと大変なことになっておりますが。

舞台は床屋、理容室、バーバー、カッティングサロン、様々な呼び名を持つ、男性のための髪を切る場所です。女性にはあまり縁がない場所かもしれませんが、興味深いところではありますよね。

都心の超高級サロン風のものから、やっているのかいないのか分からない、地方の鄙びた店までありますが、そこでは様々な男達の呟きが、聞こえていることでしょう。

そしてもう一つの主役がフレグランス。

私は化粧をほとんどしないのですが、フレグランスだけは使用します。香りが飛んでしまうから、何本も持っていても無駄だと知りつつ、コレクターとなっております。

好きな香りは、メンズの爽やか系。柑橘系かお茶の香りがほのかにするようなものが好みですね。

そして私も、限定品には弱いです。

全く本編とは関係ないですが、私の歴代恋愛映画ベスト1は、パトリス・ルコント監督の『髪結いの亭主』。理容師の妻を持つことを夢見た男の、可笑しくて、そして悲しい物語です。


イラストお願いしました、緋色れーいち様。お忙しいところ、ありがとうございました。スーツと綺麗な項、イメージどおりで感謝しております。

担当様、待たせてしまってごめんなさい。それでもこうして本にしていただけたことを、心より感謝申し上げます。

そして読者様、日本の男達は、もっと美しくなるべきだと思いませんか。ボーイズの世界では、美しいことは常識だけれど、現実は……ねぇ……。

皆様の読書生活が、より楽しいものであるように願っております。それではまたガッシュ文庫で。

剛しいら拝

男の項《うなじ》萌えますね～！
昔は長髪好きだったの
ですが、最近は襟足
スッキリな短髪の方が好
みです♡ プリ○ン・ブレイクの
マイケルとか、最近の小○
旬とか、イイ!! いっそボウズ
でも♡ 更にいい香りがしたら
最高ですね！
和田さんの香りも嗅いでみ
たい～
緋色れーいち♥

KAIOHSHA ガッシュ文庫

約束の香り
(書き下ろし)

約束の香り
2010年5月10日初版第一刷発行

著　者■剛しいら
発行人■角谷　治
発行所■株式会社 海王社
〒102-8405
東京都千代田区一番町29-6
TEL.03(3222)5119(編集部)
TEL.03(3222)3744(出版営業部)
www.kaiohsha.com
印　刷■図書印刷株式会社
ISBN978-4-87724-550-4

剛しいら先生・緋色れーいち先生へのご感想・ファンレターは
〒102-8405 東京都千代田区一番町29-6
(株)海王社 ガッシュ文庫編集部気付でお送り下さい。

KAIOHSHA ガッシュ文庫

おもちゃの王国
SHIIRA GOH
剛しいら
ILLUSTRATION
緋色れーいち
REIICHI HIIRO
愛し合うために、
嘘が必要だった――
「君の会社を買収に来た」と言うつもりだった。天王寺グループ社長の三男・大手おもちゃ会社社長・泰明は、買収予定の海原工業で出会った若き発明家・聖に一目惚れしてしまう。聖の勘違いをいいことに身分を明かさずそこで働くことになった泰明。会社の経営状態を嘆く聖を支えたいと思った彼は、健気な聖に心を奪われていく。嘘を知られたら聖の側にいられないと知りながら…。

KAIOHSHA ガッシュ文庫

丸の内に本社を構える建設会社営業一課の眞二は、社命でなんと男声合唱団に参加することになった！　そこで出会った寒河は年も近く、料理も仕事もデキるイイ男。更に腰砕けになりそうなバリトンヴォイスの持ち主だ。経済界の大物が集う合唱団の練習に通ううちに、お互い惹かれるようになったのだが……!?